フリースキルで
最強冒険者
～ペットも無双で異世界生活が楽しすぎる～
Seto Meguru
瀬戸メグル

CHARACTERS
ドーガ
ソフィア
アリナ
ナスカ
リンリン

ギンロー
ユウト

「で、うちで働きたいの？」
「はい」
「最低ヒール、キュアが使えること。一日に三十人以上、患者をみれること。これが条件だけど、問題ないかしら？」
ジェシカ

contents

第一話 転生

『フリースキルで異世界無双しよう！』

通称フリー無双というゲームに昔、俺は大ハマりした。

かなり凝ったＲＰＧで一部の人には熱狂的な人気があった。

内容が濃かったこともあり、俺のプレイ時間は一万時間をゆうに超え、このゲームのことなら知らないことはほぼない。

特にスキル関連には自信がある。

フリー無双のウリの一つは主人公のフリースキルという能力で、能力《スキル》を自由に獲得できる。

敵を倒してフリーポイントを貯《た》め、自分をカスタマイズしていくのだ。

盗み系スキルを極めて犯罪者に、学習系スキルを覚えて学者に、教育系スキルで指導者にだってなることができた。

……なぜこんな話をするかって？

実は俺、神様に能力《スキル》をもらって転生することになった。

死因は交通事故らしいが、記憶があまりない。

真っ暗な世界に、声だけが響く。

『――それで、赤子からやり直すかい？　それとも君の肉体を作り直す？』

「赤子はちょっと……後者で、お願いします」

生前の俺は二十八歳の会社員だ。

赤子からやり直して、オムツを替えられるのは勘弁だった。

『では次に能力だね。魔物や悪人の多い世界だ。特殊能力があった方がいい。何か希望のものは？』

「何でもいいのでしたら、フリースキルというものを――」

俺は詳細を説明する。

『可能だよ。あと、転生先の言語を話せるようにしよう。他の能力は……君が自由に決めたらいい』

「あの！　転生先で俺がやるべきことはありますか？」

『自由に生きていいよ。仮に人殺しとして生きても私は何も言わない。もちろん、君はそんな生き方はしないと思うけど』

「転生は皆してるんですか？」

『そこは未回答にしよう。それでは、君の幸せを願っている。満ち足りた人生を！』

とてもやわらかい口調だった。

温かい気持ちになると同時に、明かりが差し込んでくる。

⬢⬢⬢　⬢⬢⬢　⬢⬢⬢

ハッと俺は目を覚ます。夢だったのかと体を起こすと、見慣れぬ森の中にいたので焦った。

「やっぱり夢じゃなかった……？　じゃあこの体は……」

皮膚をつねると痛みはあるし、思考も正常。だが車にひかれた傷はない。

転生は成功したんだろうか。

「確かめる方法は同じかね」

俺はゲームの主人公と同じ能力を選んだ。『フリースキル』といって、条件さえ満たせばスキルと言われる特技や魔法を自由に得ることができる。

そして主人公は、ステータスを自分で確認できる。

俺もそうしたいのだが。

大門悠人：ユウト・ダイモン
フリーP：10000
スキル：オゾン語7　拳術1　従魔5

「念じるだけでいいとは楽だなっ。それにフリーPが10000も……!?」

異世界言語も含め、神様のはからいだろう。本当に感謝します。

拳術1は、昔ボクシングを習っていたからかな。ちなみにゲームの設定どおりならば、強さのレベルは1～10まであり、10がマックスだ。

従魔とは、魔物を使役する才能を指す。地球じゃ機会がなかったけど、魔物を手なずける才能が俺にはあったのか？

ともあれ、フリーPを消費してスキルを会得しよう。

スキル一覧と念じると、スキル名と会得に必要なPが表示される。剣術に注目してみる。

剣術1（10P）　剣術10（1000P）

フリースキルは、いきなり強さレベルマックスにすることも可能だ。ただし、このとおりPを大量に要求される。

スキルは使い続けると成長するので、低いレベルで取って練習を積んで強くするのが基本だ。

スキルの内容はゲームと同じようだ。そこで俺は経験を活かして、次々と獲得していく。

スキル：オゾン語7　身体能力1　拳術1　剣術1　槍術《そうじゅつ》1　斧術《ふじゅつ》1　鎚術《ついじゅつ》1　弓術1
盾術1　火魔法1　水魔法1　風魔法1　土魔法1　雷魔法1　回復魔法1　物理耐性1
魔法耐性1　全状態異常耐性1　魔力調整1　魔力増量1　従魔5　全スキル成長10

この構成でほぼ全て使った。全スキル成長10が馬鹿高く、これで所持Pの九割以上を消費した。

でもそれだけの価値があるのだ。

残りは1ばかりだが、無スキルに比べれば相当な差が出る。

本当に覚えたかをチェックするために、火魔法を使用してみる。

ボォォォオオオオ――

伸ばした手の先から炎が勢いよく噴射する。

「すげっ!?　本当に使えたーっ!?」

炎の射程距離は三メートルくらいか。でも『魔力調整』を使えば…………よし、やっぱりもう少し伸びたな。炎の勢いも増している。

この魔力調整のスキルが地味に優秀で、魔法に強弱をつけやすくなるのだ。

あとは、風魔法なんかも試そう。

風魔法1では強風を発生させてみる。うん、これも成功。イメージが大事みたいだな。ゲームでどんな技かは見てるので、楽ではある。

魔法は魔力を使うので、それが尽きない限りは使えるはず。

ちなみに魔法系は、強くなると威力が上がるだけでなく新しい魔法を覚えることもある。

お次はフリーPを貯める方法だが……

「いたぞ！　本当にいたッ」

「だから言っただろう！」

何だ!?

灌木《かんぼく》の向こうから二人組の男たちが駆けつけてくる。

四十歳前後のおっさんたちだ。二人とも剣を腰に携えているので、警戒してしまう。俺が無言で一歩後ずさると、二人は両手を伸ばして、待ってくれと言いたげなジェスチャーを取る。

「おい、異世界人に警戒されてるぞ。こいつは多分こっちに来たばかりだ。言葉は通じねえんだから笑顔を作れ」

「わ、わかってる。逃げられちゃ元も子もねえ」

いや、普通に全部理解できてるけどね。二人はオゾン語を話しているってことだろう。

しかし、なぜ俺が異世界人だとわかる？　ここは敢えて言葉が通じないフリをしてみよう。

「だいじょーぶ、おれたちは敵じゃない。仲良くしたい」

そう言って、片方が握手を求めてくる。俺が応じないと知ると、少しイラ立った。

「馬鹿、いきなり握手はねーだろ！」

「じゃあどうすりゃいいんだっ。どうせ売り飛ばすんだ、前の奴みたいに強引にやっちまおうぜ」

「ちぃぃぃ、完全に警戒されちまってる……。しゃあねえ、やっか！」

男たちが剣に手をかけた刹那《せつな》、俺は腕を伸ばして風魔法をぶっ放す。さっき練習しておいてよかった。

両者とも怯《ひる》んだので、俺はすぐに接近してまず片方の顎《あご》にフックをぶち込む。

自分でも驚くほど綺麗《きれい》に決まり、男がバッタリ倒れる。

「ああっ、てつめえええええ!?」

もう一人の怒鳴り声を無視して、倒れた男の腰から剣を引き抜いた。剣は授業で習った剣道くらいしか覚えがないけど、さっき剣術1を取っている。

これはいわゆるパッシブスキルで、会得すると自動で発動する。つまり今の俺は、以前よりは剣の扱いが上手《うま》くなってるはず。

「俺が異世界人だと、そして ここに転生したと、なぜわかった？」

「おま、喋《しゃべ》れるのかよ…………いや、それより転生だと？ 転移じゃなかったのか！」

「神様は、俺の肉体をこちらで作り直して魂を入れてくれたんだと思う。一応、転生だろう」

「よくわからんが、他の異世界人とは違うみたいだな……」

異世界人……地球人が定期的にこちらに転移している？

「お前らは転移してきた人を騙《だま》して、奴隷か見世物小屋にでも売ってたんだな。しかし、なぜ場所までわかる？」

「……俺にゃ、予知夢の能力があってな。昔から異世界人が来る前の晩に夢を見る」

俺を見つけるんだから精度は高いな。それはともかく、俺は剣を正眼《せいがん》に構えて男を睨《にら》みつける。

このままこいつを斬れば、フリーPを入手できる。フリーPは、自分が敵だと認識した存在を『殺す』ことで入るからだ。

ゲームでは、相手が強ければ強いほど見返りは多かった。

「だが……俺に殺せるのか……」

ボソッと呟《つぶや》いてしまったそれに、男が強く反応した。

「まま、待って！ 悪かった、争う気はない。もう退散するから、そいつをこっちに渡してくれ

「……」

「酷《ひど》い目にあわされそうになったんだ。はいどうぞと渡せるかっ。そうしてほしいなら、有り金全部置いて、森の出口とそこから一番近い町の方角を言え」

これじゃどっちが悪人かわからないな。

自分のセリフに驚く。

男は意外にも財布を地面に放り投げ、出口の方を指さす。

「ここを真っ直ぐ歩けば出られる。そのまま進めば、フィラセムって大きい町がある」

巾着袋の形をした財布の中身を確認しておく。少し汚れた銅貨らしきものが結構詰まっていた。

そこで、俺はゆっくりと倒れている男から離れ、片腕を伸ばした状態で言う。

「俺は風魔法以外にも色々使える。妙な動きを見せたら二人とも灰になるぞ」

「やるわけないっ。俺たちゃ弱いんだよぉぉぉ！」

男は、仲間のほっぺたを叩《たた》いて無理やり目を覚まさせる。逃げるぞ、と声をかけると、そのまま二人で逃走していった。

背中が見えなくなってから、俺はその場に座り込む。

「ハァハァ……ハァ、ハァ」

脈と呼吸が速い。緊張してたもんな。

「危うく拉致されるところだった……。色々と気をつけないと」

いつ日が暮れるかもわからないし、のんびりと休んでばかりもいられない。

俺は立ち上がって、森の出口に足を向けた。

◆◆◆

フリー無双の主人公と同じ能力を使えるのはいいが、こちらの世界観は？
さすがに、ゲームそのままではないはず。
こんな森、俺は知らないしな。
異世界の現地人を追い返した後、俺は森の中を慎重に歩いていた。
もし魔物がいるとして……強すぎないことを祈る。
あと、いきなり複数相手は絶対に避けたい。
木陰から木陰に移動していると、発見。
うわ……あれ魔物だよな？
不定形の泥水の生物……スライムっぽいのが、土の上を移動している。
でも弱そうだし、一度戦ってみようか。危なければ逃げりゃいいしな。
そっと近づき、背後？　から炎を噴射する。
数秒で蒸発して、死亡した。

フリーP　5

こんなもんかー。ゲームでは最初の敵でも、もうちょっともらえたものだが。
「現実は甘くないってことかな」
まだ日はもちそうなので他にも探す。
同じ戦法でスライムを三体始末した。
魔法が強いので、案外安全だったりする。
そろそろ森を出るかってときに、遠くで短い悲鳴が聞こえる。
『キュウン……！』
犬？
俺は好奇心に勝てず、そちらに移動する。
二足歩行の猿っぽいのが、銀色の毛をした子犬？を仕留めようとしている。
魔物であろう猿は、鋭利な爪こそ発達しているが、身長は百五十センチもない。
子犬の方は出血してて、動けないようだ。
普通なら見過ごす。だが俺の手が震える。
「あの子……ムサシの子犬時代に似てるな……」
実家で飼っている犬だ。
毛の色と体格こそ違うが、目元なんかそっくり。
助けようか？　猿の魔物が強くなさそうだったので、俺は思いきって攻める。

まず火魔法を使った。

猿の毛に燃え移って、暴れ出す。地面に転がり火を消す知恵はあるらしい。

でも、俺の勝ちだ。動きが止まったところで、顔面に剣をぶっ刺して始末する。

「仲間は、いないな。……おっ、結構入るな！」

こいつ一体で、フリーPが30も入ったのだ。

起き上がろうとしては倒れている銀の毛並みの子犬に、俺は近寄る。

「もしかして、お前も魔物なのか？」

体長三十センチもない子犬は、俺の手をペロペロと舐《な》めてくる。普通に可愛《かわい》い。もう、魔物でも何でもいい……！

こちらも触れたところ、ビクッと過剰に反応した。

「そっか、痛いんだな」

俺がさっき覚えた回復魔法1では、ヒールという魔法を使える。

これは患部に手を当てると軽い傷や腫《は》れなどを癒やすことができる、ゲームでも多用される魔法だ。一分ほど回復すると、子犬の傷が治った。

浅かったのが幸いしたな。

『クゥー！　クゥー！』

嬉《うれ》しそうに走り回る姿が可愛すぎる。親はいないのかね。

子犬は元気になるなり、猿の死体を食べ始めた。犬ってより、狼《おおかみ》系の魔物かもな。

「じゃあ、頑張って生きろよ」

手を振って別れる。

いつか、また生きて再会できることを祈るよ。


――テクテクテク！


あれ、元気に後ろついてくるんですけど……。

『イキ、ロヨ？』

「えっ。喋れるの!?」

『エ、シャベ？』

ああ、俺の物真似しているだけかい。でもこいつ、相当知能が高そうな雰囲気があるぞ。

「俺と来たいのか？　伝わる？」

ブンブンと大げさに首を縦に振る。

従魔５の力なのか、完全に懐《なつ》かれてしまったようだね。

「……しょうがない」

雰囲気が子犬の頃のムサシに似てるのは卑怯《ひきょう》だ。

こっちもオスだし。

さて、従魔にするなら名前が必要だ。

「銀犬でギンケーン、銀狼でギンロー。どっちがいい？」

『ギン……ギンギンッ！』

「それは大人の事情的にダメ！」

『……ギン……ロゥ？』

「オッケー、よろしくなギンロー」

『オオーン！』

普通に気に入ったみたいなので、これでいこう。

ギンローはすぐに食事に戻り、五分もしないうちに猿の魔物を食い尽くした。

「お前、小さいのにめっちゃ食うな！」

『クォオー、クォー！』

「何だ？」

ギンローがついてこいと言いたげに小走りする。後を追う。百メートルも走ると、また猿の魔物がいた。

「お前まさか……食い足りないのか？」

そうなんです！　とばかりに俺の足に頬擦《ほおず》りしてくるギンロー。将来は大食チャンピオンになるつもりかな？

ま、いいチャンスではある。実はさっきの戦闘で火魔法1が2に成長しているからだ。

「早い、早すぎる。さすがチートスキルと評判だった能力」

全スキル成長の効果だ。

ポイントの多くをつぎ込んだ甲斐《かい》があったよ。

スキルがレベルアップすると、魔法を一つまたは複数覚えることがある。覚えないときでも既存魔法の威力がアップする。

火魔法2では、爆炎矢《ばくえんや》だったな。

火の矢をイメージすると、ちゃんと顕現した。指を振って飛ばす。

猿の魔物が異変に気づいて振り向き――ドゴォォオォオォオォオォオ――爆炎矢に触れた瞬間、頭が爆発した。

『オァアーッ！』

天国行きとなった魔物に、ギンローが我先にと駆け寄って食事を始める。

「どうだい、さすがに満足したろう？」

『……』

ギンローは鼻をクンクンして、また走り出す。

「うっそーん……」

全然足りてないらしい。俺はまた猿の魔物に誘導された。

せっかくなので、俺は別の魔法の試し撃ちも行う。

その後もギンローがなかなか満足してくれないので、沢山魔物を倒すハメに。

この森は、基本的に猿とスライムしかいないみたいだ。

慣れもあり、かなり楽に狩れるようになった。

やがて日が落ち、俺は予定を変更して野宿をする。

ギンローに言葉を教えると、真綿が水を吸うように覚えていく。

勉強が終わるとギンローは眠った。

翌朝、俺は異世界に来て一番驚く。

「ギ、ギ、ギンロー、お前デカくなってない!?」

体長が二十センチくらい伸びてるのだ。

『デカク、ナッタァッ』

「いやいや、たった一晩でデカくなりすぎ！　そりゃいっぱい食ってたけどさ！」

『ゴメナサイ』

「あ、いや、全然いいんだけどさ。あとゴメンナサイ、ね」

『ゴメンナサイ。サル、タベタイ』

「また食うんかーい！」

ツッコミつつ、俺たちは再び猿の魔物を探しにいく。

順調に発見、退治を繰り返した。

しかし十体目で、異変が生じた。

剣で俺が戦っていた際、猿に隙《すき》ができた途端、ギンローが飛びかかって喉元を噛《か》み切って倒したのだ。

「おー、やるなっ」

『ヤル！』

もしかすると、ギンローはとんでもない魔物だったりして。

魔物狩りを終え、森を出て町を目指した。

現在の俺の能力はこうなった。

フリーP：732
スキル：オゾン語7　身体能力2　拳術2　剣術2　槍術1　斧術1　鎚術1　弓術1
盾術1　火魔法3　水魔法2　風魔法2　土魔法2　雷魔法2　回復魔法2　物理耐性1
魔法耐性1　全状態異常耐性1　魔力調整2　魔力増量2　従魔6　全スキル成長10

いい感じだ。

堅牢《けんろう》な壁に囲まれた都市が見えてくると、ワクワク感に胸が弾む。ただ、魔法がある世界なら科学はあまり期待できないかなー。

「見ない格好だな。旅人かい？」

門兵に話しかけられ、俺は首肯する。

「そっちの銀狼《ぎんろう》は従魔？」

「はい。ここには一緒に観光に来ました」

「ようこそフィラセムへ。ただ、ちょっと後回しになる。貴族様だ」

後ろから馬車がやってきて門を通過しようとしているのだ。

「えっ、あの魔物って……!?　ああちょっと、ちょっと、止めてくださ——い！」

女性の声が響くなり、御者が馬を止めた。

馬車のドアが開いて、中から洋画でしかお目にかかれないような金髪碧眼《へきがん》の美少女が飛び出してきた。

「貴方《あなた》、旅人ですかっ？」

「はい、そうですが」

興味の対象が俺だったことに焦る。キラキラの瞳に滑らかな白い肌をした美少女が、顔を近づけてくる。

「貴方の従魔ですよね？」

「そうです。ギンローと言います」

「間違ってたらごめんなさい。マーナガルムですね？」

わからないので言葉に詰まる。

助け船を出したのは意外にもギンローだった。

『ユウトノ、トモダチ？』

「きゃーっ、この賢さはやっぱりそうですよ！　このサイズってことは、生まれたばかりですか？」

「ええと、実は昨日森で見つけたばかりで」

「そうでしたの。触らせていただけませんか？」

「どうぞ」

女性は愛《いと》おしそうにギンローを撫《な》でる。

ギンローも特に反発しなくてホッとした。

「名乗り遅れました。アルライト家のソフィアと申します。十六歳です」

「ユウト・ダイモン、二十八歳です。ここには観光で訪れました」

「ユウトさん、貴族街に私の家があるので、ぜひギンローと一緒にお越しください！」

「――ソフィア」

ここで、もう一人、馬車からお父さんらしき人が出てきて注意する。

「素性の知れない人を簡単に信用するな。その従魔もマーナガルムではなく、シルバーウルフだ。マーナガルムは最高ランクの魔物、そう簡単にいるはずがない」

「お父様っ、夢がありません」

「旅の人よ。もしその魔物が一ヶ月以内に今の倍以上に大きくなったら、家に来ても構わない。だが、そうでないなら気安く訪ねてこないでほしい。……行くぞ」

お父さんは警戒心が強いな。

だが、彼の立場を考えたら当然の対応だろう。

「ご、ごめんなさい。良い一日を過ごしてくださいね」

ソフィアさんが気まずそうに謝って、馬車に乗り込む。

『ボク、シルバーウルフ？　マーナガルム？』

「うーん……」

さっきのお父さんの発言。

そして俺の転生場所は神様が選んだわけで。

可能性あるなぁぁぁあああ。

◆◆◆

入町税を払って俺はフィラセムに入る。人が多く活気もめちゃくちゃある。

転生ものによくある中世または近世ヨーロッパ的な雰囲気で俺は結構好きだ。

食料品を扱う市場に行くと、屋台のおばさんに声をかけられた。

「お兄ちゃん、オーク焼き安くしとくよ～」

「オークって、豚の魔物ですよね？」

「そうさ。調理の仕方でかなり美味《おい》しくできるのさ。フィラセム名物の一つだよ」

俺は昨日から何も食べてないので買うことに決める。

『……オーシソウ』

「あはは、大丈夫。ギンローの分も買ってあげるよ。あの、一つお願いしてもいいですか」

「何だい？」

「こちらに来たばかりで、いくつか教えてほしいことがあります」

訊《き》いたのは金銭の価値、スキルのこと、宿屋の場所、こちらで守るべき法律など。

結果、現在の俺の所持金は約三万ギラで、節約すれば一週間くらいは暮らせるとわかった。

オーク焼き一枚二百ギラを、五枚ほど焼いてもらう。

「うっま!?」

『ウーマ！　オイシ！　ウンマァ！』

俺もギンローも大喜びだ。日本の食い物だと、分厚い生姜《しょうが》焼きに似ている。ただこっちの方が少しスパイシーだな。

食べ終わると、まず宿屋に向かって部屋を取っておくことにした。

『青鳥亭《あおどりてい》』という二階建ての宿に入ると、綺麗な少女が可愛い声で挨拶する。

「こんにちはー！　今日はお泊まりですか？」

「数日泊まりたいのですが、従魔も一緒で問題ありませんか？」

「そういうお部屋もありますよ」

値段を聞くと、一泊四千ギラなのでここに決定する。

「町を観光して、夕方に戻ってきます」

「お待ちしてます！　私は宿主の娘のアリナです」

「ユウト・ダイモンです」

『ギンロォ！』

「わぁ、可愛い〜！　あ、私は十七なんですけど、ユウトさんは同い年くらいですよね？」

「え……いや、俺は二十八ですけど」

この世界では、自己紹介のときに年齢も伝えることが多いのかもしれないな。もしくは、さりげなく俺の情報を引き出しているのかね。

「しっ、失礼しました！　すごくお若く見えるから」

いえいえ、と返しつつ、実はショックを受けていたりして。日本にいる頃から若く見られたけど、異世界ではより顕著になるようだ。

こっちは顔の彫りが深い人が多いからな。


宿を出て、適当に町を歩き回る。武器屋や道具屋などがあるのでそれとなく見学。

『フワァーァ……』

「どうした？　もう眠いか」

『チョット、ネム〜』

オレンジ色の夕陽が町を綺麗に照らしている。整然とした建物の並びと相まって幻想的だ。

景色を楽しみながら宿に帰る。

「お帰りなさい、ユウトさんにギンロー！　もうすぐ夕飯ができるので待っててくださいねっ」

アリナさんは可愛いうえに働き者らしい。

「アリナちゃーん、俺と結婚しようよぅ〜」

「ぶっ殺すぞ、アリナちゃんの処女はおれのもんだ！」

「はいはい、新規のお客様もいるから変なこと言わないでくださいね」

このように、客の気持ちを熱くする魅力に溢《あふ》れている。

っていうか、あれだけ綺麗なのに彼氏がいないとは思えないが。

俺はテーブルに座り、ギンローとスキンシップを取りながら飯を待つ。

――ガシャン！

奥の厨房《ちゅうぼう》っぽいところから皿が割れる音がして、追うようにアリナさんの悲鳴があがった。

「お父さん！　お父さん、大丈夫!?」

ただごとじゃない。他の客が動き出し、俺も後を追う。

厨房の床に、背中を丸くして倒れている美形のおじさんがいた。宿主で間違いないだろう。

「数十分前、市場で買ったキノコをさっき味見したみたいなの！　今日は、新しく出た店で買ったみたいで……」

売ってた側に知識がないのに、毒キノコを販売していたってことか。日本でも稀《まれ》に似たことが起こると、昔聞いたことがあった気がする。中途半端に知識のある人が友人に分け与え、家族が食中毒で苦しむとかだ。

「待っててくれ、回復師を呼んでくる！」

「お願いっ」

客の何人かが慌てて店を出ていく。

『ユウトー、ボク、治シタ。デキル？』

ギンローは昨日のことを思い出してるのだろう。

俺の回復魔法は2に成長しており、解毒効果のあるキュアを現在使える。

ゲームでは、有効なのはあくまで軽い毒にだった。

食中毒に効果があるかは、わからない。

「痛むのはお腹ですか？」

「あ、ああ、あと、痺《しび》れる、感覚ががが」

「キュアを使ってみます」

ヒールと同じように患部に手を当ててキュアを使用する。

数分経《た》つと、段々と店主の苦痛の表情が和らぐ。

「おぉ、だいぶ、良くなってる」

「じゃあ、もう少し続けますね」

魔力増量で底上げしていることもあり、俺の魔力は多めだ。

問題なくキュアを使い続けると、店主は立ち上がれるまでに回復した。

「さっきまでの痛みが、嘘《うそ》のようだ」

「効いたみたいで良かったです」

「ありがとう！　あんたがいなかったら、最悪死んでたかもしれない」

「ユウトさん、お父さんを助けてくれて、本当にありがとうございます!!」

親子に片手ずつ握られ、めちゃくちゃ感謝される。他の客からも拍手が起こり、俺が有名な回復師なんじゃないかと言い出す人まで。

その誤解はちょっと困るかも。

「ねえお父さん、命の恩人なんだから、しばらく宿代取らないであげて」

「そうだな。一週間くらいなら、タダで泊まってくれて構わないよ」

「いいんですか？　非常にありがたいです」

思わぬところで得をする。金に多少の不安はあったしね。

恩を着せるわけじゃないが、もう一つお願いしてみる。

「毒キノコってまだ余ってます？」

「ああ、まだ沢山あるけど」

「よかったら、もらえませんか」

「いいけど、何に使うんだい？」

「食べようかなと思いまして」

おおう……、皆さんの目が点になっている。俺の説明が不足しすぎたせいだ。

ちゃんと理由があるので伝える。

「俺は全状態異常耐性スキルがあるんです。ちょっとずつ食べれば、強化されるかと思いまして」

「凄《すご》い人だな、あんた……」

全スキル成長のスキルがあるとはいえ、スキルは活用しないと強くならない。

屋台のおばちゃんの話だと、異世界人にもスキルの概念はある。

鑑定アイテムを使えばわかるが、貴重なため、庶民は基本的に経験と感覚で自分の能力を把握していくようだ。

「全部使ってくれていいよ」

ザルにどっさりと載っかった毒キノコをいただく。見た目は普通なんだな。

夕食を終えた後、俺は自室に戻って、毒キノコをちょっとだけかじる。

三十分待つ。特に腹痛はない。量を増やす。待つ。

これを三回繰り返したところ、全状態異常耐性1が2に成長してくれた。

まだ残っているので、明日以降も引き続き強化していこう。

第二話　冒険者

翌朝、目を覚ました俺は叫んだ。

「またデカくなってるーっ」

十五から二十センチくらいは伸び、横にも少し大きくなっている。無論、ギンローのことだ。もう全長六十センチは超えているだろうな。

『……クェ？』

ようやく起きたギンローが、挨拶がわりか俺の頬《ほお》をペロペロと舐《な》めてくる。

犬っぽいなぁ。可愛《かわい》いからいいけど。

一階に下りると、アリナさんも驚く。

「おはようござい……あれ、ギンロー大きくなってません？」

『オハヨー、アリナ。ゴハン、マダーッ？』

「頭も、良くなってません？」

「成長が早いみたいです」

絶対、肉体成長スキルとか付いてると思う。

朝ご飯をいただいた後、俺は今後について少し考える。

一週間はタダで泊まれるとはいえ、収入源は絶対に欲しい。アリナさんに相談してみた。

「腕に覚えのある人は、みんな冒険者になります。でもユウトさんなら、回復師がいいと思います。

ちょうど募集しているところがありますよ」

ギンローの育成のことを考えると高収入の仕事がいい。

冒険者やりつつ、治癒院でバイトってのも悪くないな。

「面接に行ってみます」

アリナに教わったジェシカ治癒院というところに行ってみる。従魔は禁止のところが多いらしいので、ギンローは宿で待っててもらう。

宿から近い。それほど大きくないが、行列ができていた。

相当、治療が上手《うま》い人なのだろう。

中に入って、受付の人に雇ってほしいと伝えると奥に通された。

黒髪ロングのセクシーな女性がいて、一瞬焦る。豊かな胸元が開いた服とミニスカートという格好で、場違い感があったのだ。

「ジェシカ先生、うちで働きたいみたいです」

「今、患者さんみてるから少し待って〜」

背中にまだ新しい斬り傷を負った男性が苦痛に喘《あえ》いでいる。

ジェシカさんが傷口をなぞるように手を動かすと、それが治癒していくから驚く。患者は笑顔になって出ていった。

「凄《すご》い……今のヒールですか」

「いいえ、ハイヒールよ」

完治にかかった時間も短い。まだ二十代っぽいのに卓越した技術があるのだろう。

「で、うちで働きたいの？」

「はい」

「最低ヒール、キュアが使えること。一日に三十人以上、患者をみれること。これが条件だけど、問題ないかしら？」

ギリギリだが、何とかクリアしている。回復魔法を多く使える機会があるのもスキル成長には美味《おい》しい。

「できます」

「じゃあ、証拠みせなさい」

ポイッ、とナイフが投げられたのでキャッチする。

「自分で腕を斬って、治す。やってみて」

あおぅ……この人綺麗《きれい》な顔して、結構キツい性格してるみたいだな。だが躊躇《ためら》わず、俺は実行してみせた。

「……思ったより、使えそうね。今日から働ける？」

「できます。ただ一つ、時間的拘束ではなくて、三十人治したら帰るという働き方も可能ですか？」

「可能よ。うちは時間給は出さない。治した患者の分だけお金を払うわ」

無能は一ギラも稼げないってことね。厳しいが兼業したい俺とは相性が良いぞ。

「俺はユウト・ダイモンです。二十八歳です、よろしくお願いします」

「ジェシカよ。よろしくね、ユウト。早速、患者を回すわ」

浅い傷の患者をみることになった。今の俺では、深い傷はまだ治せないからだ。

午前中いっぱい働いて、三十人をどうにかクリアする。少し疲れた。けれど、回復魔法が早くも3に上がったので良し。

覚えた魔法はないが、ヒールとキュアの効果が底上げされる。

「お疲れ様、今日の分よ」

「こんなに!?」

「うちは治療費高いからね。金持ちっぽい客が多かったでしょう？」

「あぁ、言われてみれば……」

俺の日給は二万ギラだった。院長はセクシー、給料は高い、スキルの練習には持ってこい。良い職場じゃないか。


仕事を終えて宿に戻ると、ギンローと昼食をとる。

午後から、冒険者ギルドに足を向けた。

中に入るなり、怒鳴り声が聞こえてビビったな。体格のいい二人が言い争いをしている。

「人の女に手を出しやがって、ぶっ殺すぞ！」

「うるせえ、やれるもんならやってみろ！」

こういうの、異世界でもあるらしいね。

俺はあまり関わらないよう、入り口でギンローと事態が収まるのを待つ。

が、お互い武器を抜いて、ヤバめな雰囲気だ。目に殺気を走らせたところで、片方が新たな闖《ちん》入者《にゅうしゃ》に殴られて吹っ飛ぶ。

「うゔぁ!?」

もう一人も殴られ、同じようになる。

「てめえら！　Eランクの分際で、女の取り合いなんざしてんじゃねえ！　せめてCランクに上がってからやれカスども」

口調は男そのものだが、間違いなく女性だ。というか、受付に座ってた人なんだが……。

冒険者より全然強い受付嬢と目が合ったので、俺は受付カウンターに移動する。

「あ。もしかして新規登録者の方ですか？　冒険者ギルドに、ようこそ！」

このギャップが怖い。俺は苦笑を浮かべつつ、登録をする。

「初めまして、受付嬢のリンリンでーす」

「ものすごく、お強いんですね」

「さっきのはその……冒険者時代の癖で〜」

話を聞いてみると、彼女はダンジョン攻略を中心に活動していた元冒険者らしい。

登録は思ったより簡単で、こちらの情報を伝えるだけで完了した。テストなどもない。

ランクはF〜Sで、基本的には依頼を成功させ続けるとランクが上がる。身分証にもなるカードは、Eランクに上がったら発行してもらえるそうだ。

「あたし、結構見る目あるんです。登録だけしてこないアホとか、クソ弱いのに依頼受けて失敗しまくる野郎には斡旋《あっせん》しませんけどね」

「Eランクに上がるには、どんな依頼をこなせばいいですか」

「この三つ成功させれば、確実に上がりますよ～」

・ビッグモンキーの手×3
・ユアラ草×10
・ホロール鳥×2

どれも需要があるもので、依頼が絶えないとのこと。

モンキーと草は、俺がいた森に存在するらしい。

「あの猿の手は売れたのか……。一昨日、二十以上倒したのにもったいなかったな」

『オイシカッタ～』

「に……二十体？　それが本当なら、大物新人かも。そっちの従魔はシルバーウルフですよね？」

「えーと、まあ」

濁しておく。マーナガルムって相当レアらしいし、ちょっとした騒ぎになっても嫌だ。

でもシルバーウルフでも相当珍しいらしく、リンリンさんの俺を見る目が明らかに変わった。

「あたし今、お婿さん募集中なんですーッ」

「頑張ってください」

「二十四歳はおばさんですか!?」

「一言も言ってませんけど！」

「ですよねー。むしろ女として一番輝くときですよッ。あ、彼氏もいませんので」

この人、俺がそこそこ使えそうだと思って、ツバつけにきたな。こちらの世界の女性はしたたかなのかもしれない。

依頼を受けた俺は、ギンローと森に向かう。

『マタ、アノサル、タベテイイ？』

「いいけど、手は何個か残してくれよ」

『リョーカイ』

ギンローは語彙《ごい》も豊富になってきた。でもそれゆえに、口調が定まらないこともある。

『オレニ、カテルト、オモーナヨー！』

ほらね。ま、賢いことはいいことだけど。

森の中に入ると、教えてもらった特徴をもとにユアラ草を探す。

少し黄みがかったもので、簡単に見つかった。

「収納、取っておくか」

40Ｐ消費して、収納1を会得する。一瞬で、異空間に出し入れできるスキルだ。強化していくと、巨大なものでも収納可能になる。

『フリー無双』では重さ制限が厳しく、大量に物を持ち運ぶわけにはいかなかった。そこで、収納スキルで補助していた。

ちなみに収納は、とても楽に成長可能だ。

まず草を別空間に入れる。パッと消えた。次は出す。パッと手に出てくる。

入れる。出す。入れる。出す。入れる。出す。入れる。

『ナニヤッテルー？』

「訓練かな」

まあ保存しておくだけでも成長補正は受けるが、こうするとより早くレベルが上がる。

ほら、収納1が2にアップした。

これでより大きなものも保管できるだろう。


ビッグモンキー戦には、だいぶ慣れてきた。

難なく倒していく。

死体は手首だけ切り取り、残りはギンローにあげる。

『ウマヤー！　ウマカー！　ウメーデスー！』

食事量が日に日に増えているのは、急成長をするためなのか？

俺は俺で自分を強化する。

フリーPが９００以上あるので、隠密1、気配察知1、錬金術3を会得した。隠密は自身の気配を察知されにくくし、気配察知は他者の気配に鋭くなる。

錬金術は、複数の素材を別のものに変成させる。

これだけ3にしたのは、ゲームでは3からポーションの作成が可能だったからだ。

ポーションは水＋体力増強効果または疲労回復効果のある素材を混ぜると出来上がる。

ユアラ草がまさにそれなので実験してみることに。

「ギンロー、水飲み場にいこう」

『ウイー』

森の中にある川に移動する。

水筒に水と草を入れ、錬金術を発動。瞬時に草が消え、水の色も無色から水色に変化した。

錬金術は必ず成功するわけじゃない。素材の状態などにより失敗することもあるし、出来上がりの質に影響もする。

「試してみるかね」

剣で腕を少し斬って、血が流れた部分にポーションをかける。ちゃんと傷が快癒した。

俺のヒールと同じくらいの効果はあるみたいだ。

納品分の草だけ残して、ポーションをできるだけ生産する。

「よし、一度町に帰ろう」

フィラセムに戻ると、早速ポーションを売りに行く。道具屋の主人に効果を確認してもらって査定してもらう。

「質がいいね。こいつはどこで？」

「俺が錬成しました」

「錬金術師なのかい!?　てっきり従魔師かと……」

錬金術師は珍しいようで派手に驚愕《きょうがく》された。

ポーションを瓶に小分けにして、一本三万ギラで買い取ってもらう。

十本あったので、三十万にもなった。

「割のいい儲《もう》け話があったもんだ～」

帰り道、俺はホクホク気分になる。

『ユウト、ウレシイ？』

「すっごい嬉《うれ》しいよ。これで武器を買いにいこう」

そう、残る依頼のホロール鳥のため、弓矢が欲しい。

武器屋で、十万ギラほどの木の弓と矢を購入した。

矢筒は使わずスキルで収納して、使うときに矢を手元に出して射る予定だ。

また町を出て、鳥が出現する平野に移動する。

見当たらないので、弓の練習をする。

「よっ、ほっ。なかなか難しいな」

弓術1があるとはいえ、大きめの石に当てるのにも難儀する。ただ、練習しているとコツが掴《つか》めてきた。

一時間の練習で弓術2に成長。

あとは鳥が上空を横切るのを待つ。

『トリ、キタヨー？』

「おっ、本当だ」

鷲《わし》に似ているという、リンリンさんから聞いた特徴とも一致する。

俺は矢を番《つが》え、狙いを定める。

ビュッッ、と風を切って矢がホロール鳥に命中――はしない。外れた。残念ながら。

次の矢を収納から出し、再び同じように構えようとして……ギンローが叫ぶ。

『コッチ、クル！』

「へ？」

逃げるどころか、滑空して攻めてくるじゃないか。足の爪で、こちらを攻撃するつもりらしい。

俺は慣れない弓を捨てて剣に持ち変え、そばまで来たところをカウンターで斬る。

ホロール鳥は落下して、ズサーッと地面を擦《こす》るように転がった。

「浅かったか」

すぐに起き上がって飛び去ろうとするのだ。

『トッタ！』

しかし、ギンローが捕らえた。牙がホロール鳥の肉に食い込むと、わずか数秒で動かなくなった。ナイスだ。

『タベテ、イイノ？』

「それはダメ。納品しなきゃなんだ」

『ヘイ』

ラーメン屋のオヤジか～！

少し待つと別なホロール鳥がやってきた。また矢を射る。今度は上手く直撃した。

地上でバサバサ暴れるところをギンローが仕留めて目的達成だ。

ギルドに戻り、依頼された品を提出するとかなり驚かれた。

「たった一日で三つともこなすなんて……ユウトさんに惚《ほ》れちゃっていいですか？」

「ダメです。お婿さんになる予定はないので」

「彼氏は？」

「それもちょっと。出会ったばかりでそういう関係は」

「じゃあ彼女候補に入れといてくださいっ」

この人、グイグイくるねー。

依頼は達成したため、Eランクに昇格して冒険者カードも発行してもらえた。ギルドの紋章やランクが記載されている。

「ランクが上がるごとに、新しいのを発行しますので頑張ってくださいね」

「また来ます」

そう告げて、俺はギルドを出る。

宿に向かう途中、ギンローがアリナさんを見つけてハシャぐ。

『アリナー、アリナダヨーン』

「本当だ。買い出しの帰りかな……ん？　様子がおかしいな」

ずっと背後を気にしていて、足取りも明らかに忙《せわ》しい。誰かから逃げている？

帰宅の時間帯で人が雑多なので、追っ手はよくわからない。

俺は走って追いつき、アリナさんに声をかける。

「平気ですか」

「あっ、ユウトさん……！」

「誰かに追われてます？」

「あの、その……」

「俺の勘違いだったらいいのですが」

「ごめんなさい、ご迷惑をかけて。もう宿ですし、大丈夫です。一緒に行きましょう」

「……はい」

何かを隠しているな。

だが、話したくないのならば俺が無理に首を突っ込む必要はないだろう。

宿に帰ると、昨日も泊まっていた冒険者らしき人に声をかけられる。

「やあ、昨日の英雄さん。あんた、剣差してるけど回復師ってわけじゃないのかい？」

「今日、冒険者登録をしてきました。素人に毛が生えた程度ですが、魔法と剣も使えます」

「やっぱりか！　よかったら晩飯まで付き合ってくれねえか。連れが風邪ひいちまって」

練習相手に欠いている、とのこと。

宿の裏庭には多少スペースがあるので、応じる。俺の練習にもなるしな。

「練習、少し見学してもいいですか？」

「俺は構いませんよ」

「ありがとうございます」

アリナさん、剣術に興味あるんだろうか。

裏庭に行き、俺は剣を抜いた。相手は小柄だが腕は立ちそうだ。

キンッ、キンッ、と剣を何度か交わす。体の割になかなか重いな。実力は俺と同じか、少し上くらいか。

三十分ほど、いい汗を流させてもらった。

「ウッハァ、疲れたぜ。ユウト、あんたなかなか鋭い振りだな」

「いえ、あなたこそ」

「魔法も使えるんだろ？　何か見せてくれよ」

「じゃあ、火魔法でも」

ゴォォォオオと空に向かって火炎を噴射すると、彼とアリナさんがすごく盛り上がってくれた。

『アォン！　アォォオオ！』

一番テンションが高くなったのはギンローだけどね。

その後、食事を済ませて、部屋でギンローとくつろぐ。

明日も頑張る予定なので、早めに就寝した。

◆◆◆

コン、コンコン。

……今、何時だ？

真っ暗な中、俺はドアの向こうの人に声をかける。

「どなたでしょう？」

「ア、アリナです。お話があって」

こんな夜中に？　俺は一応警戒しつつ、ドアを開ける。アリナさん一人だけだ。

「夜中にすみません。下で、お話できませんか？」

頷《うなず》いて俺は一階に下りる。夜中なのでテーブル席には誰もいない。彼女と向かい合って座る。

「ユウトさんって、かなりお強いんですよね？」

「どうでしょう。一流冒険者とかには全然叶《かな》わないと思いますが」

「でも今日の稽古みたら、すごく強そうでした」

褒められるのは嬉しい。

しかし、この話の流れだと、俺に体力系の依頼があるな。

その辺は察したので、こちらから話を振る。

「もしかして、話って今日追われていたことに関係します？」

首肯するアリナさん。

「何ヶ月か前から、ずっと嫌がらせされていたのですけど……最近それが酷《ひど》くて」

犯人は男のストーカーだそうで。親に迷惑はかけたくないし、相談できる人がいなくて困っていたと彼女は話す。

「冒険者ギルドに依頼を出そうとしたんですが、どんな人がくるかわからなかったので……」

そこで、多少の実力はあると判明した俺に依頼してきたという流れらしい。

「もちろん報酬は出します！　貯金は二十五万ギラならあります」

正直、相手にもよる。あまりにも凶悪な奴なら断っていたかもしれない。

だが、十七歳の少女に涙目で訴えられては……ね。

「わかりました。やるだけやってみます」

そう伝えるとえらく感謝されたな。よほど困っていたんだ。

まあ、卑怯《ひきょう》なストーカー野郎に大悪党はいないだろうと楽観的に構えることにした。

「今日は少し大きくなった程度だな」

朝起きるとギンローのサイズをチェックするのが日課になった。

もしかして、食事量か栄養が足りてないのかもしれない。

「急成長してないと逆に心配になってくるよ」

『シンパイ、シナクテ、イイッテバヨー』

「あっはっは、どこで覚えたんだよ～」

ギンローを何とか抱っこして一階に下りる。

食欲は相変わらずで安心する。

豚肉を食べて『ブッタニク、イチバンスキー！』、魚を食べて『サカナガ、イチバンダヨ！』、卵料理を食べて『イチバンハ、タマゴーッ！』。

◆◆◆

君はあれか、三股とかしてる彼氏かい？

賑《にぎ》やかな食事を終えてから、アリナさんと軽く打ち合わせする。

「それじゃ、治癒の仕事が終わったら落ち合いましょう」

「よろしくお願いします」

ギンローを預かってもらって、俺はジェシカ治癒院に向かう。ストーカーは大抵午後から動き出すらしいので、午前中は普通に過ごす。

今日も金持ちを治療していると、ジェシカさんが言う。

「知り合いの道具屋が、いいポーションを多く仕入れたみたいなの。凄い錬金術師がこの町にやってきたみたいよ」

……それ、俺のことじゃないの？

「へえ、そうなんですね」

一応知らないフリをしておく。ポーションを売りまくるなど、治癒院からしたら商売敵《がたき》に思われてもおかしくない。

ところが、ジェシカさんの反応は逆だった。

「私も会ってみたいわ。いい人だったら結婚したいくらい」

「いや、それはちょっと」

「え？　どうして貴方《あなた》が反応するの？」

「あっ、怪我《けが》してますね、どうしましたー！」

申し訳ないが、患者さんを利用させてもらって誤魔化した。

昼前には三十人以上を診《み》終わったので帰り支度を始める。

「ねえユウト。今日見てて思ったんだけど、貴方のヒールの効果上がってない？」

最初彼女に披露したときは回復魔法2だったけど、今では3に上がっている。

「多くの人を見たからかもしれませんね」

「一日二日で……？　何年か修行したみたいな風に感じたわ」

「それじゃあ、失礼します～」

「あー、誤魔化したわねぇ～～」

俺だけチートもらってますから、なんて説明はさすがにしにくいからなぁ。

待ち合わせ場所に行くと、すでにアリナさんとギンローが待っていた。

抱きついてペロッペロッしてくるギンローをいなしつつ、昼飯を食べに行く。

「安くて従魔オッケーなところ紹介しますね」

「気を遣ってもらってすみません」

『スミマシェン！』

そうそう、この大食いギンローのためにスミマシェン。

場所は大きめの大衆食堂で、鳥肉と魚料理を出してくれるところだった。

白米がないのと味付け薄めなのが残念だけど、贅沢《ぜいたく》は言うまい。

食事中、彼女がチラチラとアイコンタクトをしてきたので俺は確認する。

「もしかして、いますか？」

「……はい。隅っこに座っているローブの人です」

ワイン色のローブで、フードを目深にかぶっているため顔はよくわからない。体格は並だ。

あいつは元々、青鳥亭《あおどりてい》に客として訪れたのだが、そのときにアリナさんに一目惚れしてしつこくデートに誘うようになった。

何度も断られると、ああやってストーカー化した。

「自分以外の男と付き合ったらそいつを殺す、が脅し文句でしたっけ」

「はい。ですから、私たちもあまり恋人とまでは思われない方が」

「いえ、どうせ倒すんだ。挑発しましょう」

店を出る際、俺は許可を取ってアリナさんと手を繋《つな》ぐ。それだけだと甘いので、肩も抱き寄せてみた。

「どこか迷惑をかけずに戦えるところってあります？」

「ありますけど、無理だけは」

「平気です。ギンロー、お前はアリナさんを守るんだぞ」

『ウイ！』

覚悟は決まったので案内してもらう。フード男は、予想どおり後をつけてきている。

町外れのひと気のない空き地で、俺は立ち止まってフード男を待つ。相手は堂々と空き地内に入ってきた。

「アリナァアアアア！　てめえ、おれを裏切ったなぁああ！」

他人の目も気にしない怒声で人を脅かそうとする。この怒気まみれの男には嫌悪感しかない。

肩をふるわせ、怯《おび》えているアリナさんが可哀想《かわいそう》だ。

「いい加減にしろよ。少女につきまとって恥ずかしいと思わないのか」

「……お前、名前は？」

「ユウトだ。そっちも名前を名乗れ」

「ケルアだ。死んでいく野郎に名乗ってもしょうがないけどな」

殺気満タンだな。俺も久しぶりにここまでイラついているので剣を抜く。ケルアは、果物ナイフくらいの刃物を両手に一本ずつ握っている。

「おれは絶対に的を外さねえ、絶対にな」

「そういう御託《ごたく》はいいから、早く投げてこい」

「ギエエエエエッ！」

奇声と共に投擲《とうてき》してきた。

言うだけあって速いが、ちゃんと反応できる。

剣を振って弾《はじ》くと、二投目がすぐに迫る。これも難なく。

ここで三投目が即座に来たのでさすがに驚いた。

「アハハハハッ、おれは止まらねえぞ。いつまで剣を振れるか見ものだぜ」

対処しつつ観察すると、どうもスキルの収納からナイフを出して、そのまま投げているようだ。

大量にしまっておけば、体力が続く限り延々と投げられるわけだ。

そこで、投擲の合間を盗んで電撃を飛ばす。雷魔法だ。

「痛ェ!?」

手に命中して、ケルアはナイフを落として動きを止めた。俺は疾走して顔面に膝蹴りを決める。

倒れたケルアの首元に刃を突きつけて見下ろす。

「死ぬのはお前の方だったみたいだな」

「こ、殺さないで、お願い」

「でも生きてたら、アリナさんにつきまとって迷惑かけ続けるんだろう？　死んだ方がいいな」

「やめる、もう二度とやらない。約束するから」

「お前みたいな奴の約束ほど信じられないものはない」

本心だ。俺はケルアの腕に関節技を決めると、右腕を思いきり折った。耳をつんざくような汚い悲鳴が響き渡る。

「次は左腕だ。もう投擲できないようにな」

「本当にっ、本当にもうつきまといません……！　宿にも二度と行きませんから、許してください」

「次、アリナさんの前に顔を見せたら命はないぞ。いいな？」

「はぃいっ、はぃいぃいっ」

目が完全に敗北者のそれだったので解放してやることにした。ケルアはナイフも回収せずに這々《ほうほう》の体《てい》で逃げていった。

ちょっとやりすぎた気がしないでもないな。

「これで、もうつきまとうのはやめると思うんですけどね」

「やっぱり、ユウトさんってすごく強いんですねっ」

『ツヨイ、ユウト、ツヨイー！』

ま、九十九パー、チートのおかげですけどね！

その日の晩、俺はまた夜中に起こされた。

昨日と同じノック音。そしてドアの外にいたのもアリナさんだった。ただ昨日と違って、その、扇情的というか――ランジェリー姿なのはなぜだ!?

「ど、ど、どうしました？」

年甲斐《としがい》もなく慌てる自分がかっこ悪い。不意打ちすぎてね。

「中に入っても、いいですか」

「どうぞ」

彼女は室内に入るなりドアの鍵を閉める。なぜ鍵を？　と俺が疑問に思った瞬間、胸に抱きつかれて思考が吹き飛ぶ。

「今日はありがとうございました。本当に助かりました。これはお礼っていうか、お願いっていうか」

「お礼ならもう受け取りました」

五万まけて、二十万ギラほど受け取ったのだ。

彼女は薫香漂わせながら、上目遣いで俺の顔を見つめてくる。たまらず顔を逸《そ》らすと残念そうな声音が返ってきた。

「今晩だけでいいんです。それとも、私はそんなに魅力ありませんか？」

「そんなことはないです。でも、まずいんですよ。成人男性が十八歳未満に手を出すと捕まりますし」

「そんな法律、フィラセムにはありませんよ？」

あぁ、そりゃないわ……だってここ異世界だし。それに、と彼女は付け加えた。

「仮にそうだとしても問題ありません。私、実は今日が誕生日ですから！」

「そうでしたか……」

「だからこそ、初めてはユウトさんがいいんです」

えーっ、すげー展開きたな……。しかも彼女、腕を回して俺をガッチリホールドしている。本当に初めてかってくらい積極的だ。

まあ、俺も男なわけで、ここまでされて逃げたらさすがに恥だと感じる。

結局、彼女の希望に応じた。

◆◆◆　◆◆◆　◆◆◆

翌朝、顔見知りの宿泊客からこんな話を教えてもらった。

フィラセムの若者の間では、誕生日に童貞や処女を捨てると将来幸せになるという言い伝えがあると。

「相手がイケてればイケているほどいいんだってさ。変な話だよな〜」

「はは……」

昨晩のことは、お礼の意味もあるのだろうが、そういった事情もあってのことか。

自室で眠っているのか、まだアリナさんの姿が見えなくて内心ホッとする。

『アーン、アァーン、イイー』

「どうしたギンロー？　変な声だして」

『アリナ、キノウ、イッテタ〜。キモチ、イイ〜、ユウトサーン』

「冗談はやめなさ──い！」

咄嗟《とっさ》に、俺はギンローの口を塞《ふさ》いだ。まさか起きていたとは露知《つゆし》らず……。他の客から好奇の視線または殺意のこもった眼力を向けられたので、俺はそそくさと宿を出発する。

今日は治癒院は休みなので、ギンローと冒険者ギルドに行ってリンリンさんに挨拶する。

「おはようございます、何かいい依頼あります？」

「待ってましたよユウトさん！　ちょうどいいのがあるの。Dランクだから君も受けられるよ」

彼女が上機嫌に教えてくれたのは、ラミアという蛇女を倒して、髪を納品するというもの。

ラミアは上半身が人間、下半身が大蛇という魔物らしい。

「今の時期が活動期なんです。髪が綺麗で、カツラにも薬の調合にも使えるので」

「じゃあ、それをお願いします」

「はーい、頑張ってくださいね〜」

山は町から近く、日帰りできるそうなのでそれほど準備もせずに出発する。

ギンローとのんびり移動すること数時間、目的の山の麓《ふもと》に到着した。冒険者パーティらしき人たちが何組か確認できる。

そのうち、女一人男二人で構成されたパーティが近寄ってくる。声をかけてきたのは赤髪の女だ。

「オマエの顔、冒険者ギルドで見たことあるわ」

「こんにちは。最近登録したユウトと言います」

「あっそ。アタシはナスカ」

「よろしくお願いします、ナスカさん」

「違うだろ？　ナスカ様、だろ？」

ナスカは腰に手を当てて、挑発するように舌を出す。うわ、面倒臭いのに絡まれてしまったな。

どこの世界にも、性格がアレな奴はいるってことか。

仲間もニヤニヤとしていて気分は良くない。

俺が挨拶を切り上げて去ろうとしたら、ドンッと背中を蹴られる。

「ムカついた？　なら反撃してみろよ。無理だろうけどね。オマエ弱いもん」

『ユウト、ヨワクナイ！』

「あうっ、てめえ!?」

俺より先にギンローが飛び出して、ナスカの手甲《てっこう》に噛《か》みついた。振り放そうとナスカは腕をブンブン振る。

仲間が剣を抜いて斬りかかろうとしたので、俺は前蹴りをそいつの胸に入れた。

「ギンロー、戻ってこい」

ひとまずギンローを横に戻ってこさせて、相手との距離を取る。ナスカとその仲間はカンカンなようで全員が武器を抜いた。

「オッマエエ、覚悟しろよ！」

「元はといえば、そっちが売ってきたケンカだろう」

俺ももう、こいつらを先輩扱いなんてしない。

どちらが先に一歩踏むかという一触即発の状態を壊したのは、意外にも第三者のパーティだった。

「おいキミたち。こんなところで争いはやめろ。目的はラミアじゃないのか？　こんなところで無駄な体力を使ってどうする」

まさに正論である。

感情的なナスカたちも冷静さを取り戻した。

「ケッ、覚えてろよ。ギルドで会ったらボコボコにしてやる」

「黙ってやられるつもりはないけどな」

少し睨《にら》み合いをした後、ナスカたちは山を登っていく。止めてくれた冒険者に、軽く事情説明して礼を述べておく。

「いいんだ。そんなことだと思った。あいつらは最近登録したDランクなんだけど、ガラが悪いって噂《うわさ》だったんだ」

彼らも新人だったんだ。道理で風格みたいなものがないわけだ。

「ラミア狩りだろうが気をつけるんだよ。基本単体だが、中には複数で動くのもいる。それに出あったら逃げた方がいい」

「ご忠告、感謝します」

「うん、キミは礼儀がなってるね。きっといい冒険者になるよ」

冒険者も荒々しい人たちばかりではない。この人たちを見れば明らかだ。

彼らと別れてから、俺はギンローの頭を撫《な》でる。

「さっきはありがとな」

『ギンロー、クヤシカッタ……。ユウト、ツヨイ、カッコイイ。ダカラ、クヤシカッタァ』

「よしよし、可愛い奴め」

コチョコチョとくすぐってやると、楽しそうにするのでしばらくジャレた。

それから山を登り、ラミアを探す。気配察知があるので接近されたらわかるが、警戒は怠らない。

『ユウトー、イヤナニオイ、スル』

「魔物の臭い、わかるのか。どっちだ」

『コッチ』

ギンローについていき、緩い斜面を登る。山は枯れ木が多く、見通しがあまり良くない。

斜面を登り切ると、すぐ近くに生物の背中が見えた。

上半身が裸で腰あたりから下が蛇なので、ラミアで間違いないだろう。

ただ、想像していたよりはデカいな……。立ち姿で二メートルは超えている。

クチャクチャ、クチャクチャ。

上品ではない音を立てて食事をしているのだが……どうも人間の内臓を食ってるようだ。

「二人がかりで負けたのか……」

死体は二つある。二対一で冒険者が負けたと考えると油断できる相手ではない。

食事に夢中で気づかれてないので先手を打つ。

髪を汚さないよう、土魔法を選ぶ。

尖岩弾《せんがんだん》という鏃《やじり》のような形を岩を作り、飛ばす。

「ギャッ!?」

背中に刺さるとラミアが悲鳴をあげ、振り向いた。化け物顔を予想していたのだけど、普通の女性の顔で意外だ。

ラミアは歯を剥《む》き出しにして、蛇と同じく地面を豪快に這《は》って俺に接近してくる。その速度たるや目を瞠《みは》るものがあり、俺は反撃ではなくて横に転がって逃げる。

バキバキッ――ラミアが背後にあった細木に体を巻き付け、瞬時にへし折る。

なるほど、捕まったら相当危険なようだ。

さらに折れた木を投げつけてくる。俺がこれを斬り落とす間に、肉薄してくるのだから頭もいい。

だが、刃を返して掴みかかってきたラミアの顔を斬る。

「くそ、ちょっと浅かったかッ」

『テツダウ!』

ギンローがラミアの腕に上手く噛みつき、相手の注意を引きつける。タイミングを窺《うかが》い、俺は刃先を敵の心臓に突き刺す。

弱点は人と同じらしい。血も赤い。

死亡確認の意味も込めてフリーPを調べると、なんと80も増えていた。


「生きてますかっ」

虚《むな》しい声かけとなった。二人とも完全に死亡していた。

「この依頼、Cランク設定の方がいいだろ……」

俺は身体能力や剣術スキルがあるが、駆け出しの新人だとかなり苦戦するはず。

ともあれ、ラミアの髪を切って収納する。情報どおり、綺麗な黒髪だった。

これで依頼は達成だけど、まだ余力があるのでP稼ぎで引き続き狩りを続行。

『ナカマイタッ』

「うそ、どこに!?」

首を回して探すが俺には見つけられない。でもギンローは走り出した。

そして地面にいる何かを前脚で押さえつけてグリグリとやっている。

「それは、マムシ?」

『オナジイロ、ナカマ?』

「あ～、仲間っちゃ仲間だけどなぁ」

ラミアも下半身はマムシと似た柄なので、ギンローは子分だとでも思ったのだろう。

『タベテイイ？』

「そいつ毒あるからダメかな……待てよ」

ここで俺は閃《ひらめ》いた。錬金術でこいつを活用できるぞ。

ゲームでは、ナイフや矢＋毒生物で、毒矢や毒ナイフを生成することが可能だったはず。ただ質を上げるには一匹では弱い。

「同じ蛇、探して倒すことってできる？」

『デキル！』

ギンローは優秀な子で一時間で五匹も集めてくれた。

俺はこの死体とストーカーからこの前奪ったナイフを使って、毒ナイフの生成に成功する。

さらに50P消費して投擲2を会得しておく。

昼食に持参したサンドイッチを食べたあと、二時間ほどナイフを木の幹に投げつける訓練をして投擲3に強化した。

第三話 成長

二体目のラミアは、驚くことに木の上にいた。

理由は明白で睡眠中なのだ。不意打ちを避けるために高いところで休憩ってわけだ。

シュッ――グサッ。

だが投擲《とうてき》を覚えた俺にとっては関係なかった。動かない的ということもあり、ナイフはラミアの脇腹に深めに食い込む。

敵は慌てて地面に落下したが、ここは攻めずにギンローと木陰に隠れた。

「ッ……？」

ラミアは周囲を警戒しながらナイフを抜く。傷を庇《かば》うようにしてその場を離れた。

俺たちはこっそり後をつける。数分もしないうちに、ラミアは倒れて苦しみ出した。毒が効いてきたのだ。

「今、楽にしてあげるよ」

もがくラミアにトドメを刺した。毒ナイフが有効だと知れたのはよかった。

ただ、使うほど毒ナイフも劣化していくと思うので、そこは注意しよう。

「あと一、二体始末してから戻ろうか」

ギンローの鼻を頼って新たなラミアを探しに行く。わりとすぐに、遠目に発見できたのだが、今回は少々状況が異なる。

『ニタイ、イル』

「ああ、それに先に戦ってる人がいるみたいだ」

ラミアが二体組んでおり、一人の冒険者が必死に剣を振り回している。仲間もいたらしいが、やられたのか倒れていた。

そして、必死に戦っているのが……

「くそくそくそくそっ、なん、で、何で当たんないの！」

二十歳前後の赤髪の女は、さっき俺にケンカを売ってきたナスカだった。剣の腕は下の上、または中の下くらいか。

ラミア二体には、まるで通じていない。

「アアッ!?　ちっくしょおおおお」

尻尾で剣を遠くに弾《はじ》かれ、絶体絶命のピンチに追い込まれてしまった。

「キケケケ」

ラミアたちが初めて聞く笑い声をあげる。

ナスカは腰が砕け、立ち上がることすらできない。

……どうしたもんか。

他の冒険者から複数相手は避けろと言われている。しかもナスカは他人をなめくさった性格で、危険を冒してまで助ける価値はない。

が、さすがに見捨てて逃げるってのはどうもな……。しかも、今ならラミアは二体ともこちらに背中を向けている。

「気にくわない奴ではあるが――」

爆炎矢《ばくえんや》を一発叩《たた》き込む。髪はもったいないけど、後頭部にぶつけたので即死だったようだ。

残る一体が怒りの形相で地面を這《は》って攻めてくる。

『クルヨ』

「大丈夫さ」

相手の動きに合わせて、俺は横一閃《いっせん》に剣を振り抜く。ラミアが人の上半身と蛇の下半身の境目から真っ二つに分かれる。

今のは上手《うま》く決まったな。

ナスカの状態を確認するため近づくと、足をハの字にして、お漏らししていた。

「粗相するほど怖かったのか」

「うっ、あっ、ううっ、くっ」

「仲間の二人は……死んでるな」

巻き付かれて、そのまま絞め殺されたのだろう。ナスカは、泣きじゃくるだけで言い返してすらこない。

「さっき、俺にケンカ売ったときの威勢はどうした？」

「うぐ……勝て……勝てると、思ってたのに……だって、ケンカじゃ、誰にも負けた、こと……」

想像だけど、チンピラみたいに生きてきたせいで井の中の蛙《かわず》になっていたってことか。

「何にせよ実力不足を認めなきゃ先には進めないぞ。他人を見下して生きている暇があったら、一回でも多く剣を振るべきだな。……で、こいつらはどうするつもりだ？」

「……どっちも、身寄りがいない。だから、せめて供養してやりたい」

「何かの縁だ。供養の間くらい、周りを見張ってやってもいい」

「…………助かる」

か細い声ではあるが、ナスカは礼を言う。ここまで殊勝になるのは、仲間が死んで精神的に参っているからだろう。

死体を並べ、その前に花を置いて、ナスカは目をつぶって冥福を祈る。

『……ユウト、マタ、キタ』

「ひぃぃっ……！」

まだまだ遠い場所にいるのだが、ラミアに恐怖したナスカが、再びお漏らしをしてしまう。

さっきの今ではさすがに可哀想《かわいそう》なので、俺は弓と魔法を使って襲ってくるラミアを仕留め、髪を切り取った。

「す、すげぇ……。こんなに強い人、初めて見た……」

『ウン、ユウトツヨイ』

「俺なんてまだまだだよ。さて、町までは送ってあげてもいいけど？」

ナスカは恥ずかしそうに頭を下げる。

町の入り口に来るまで、ナスカはずっと無言だった。時折、目頭に涙を浮かべていた。

もう、冒険者は無理だろう。俺がそう思った矢先、彼女は意外なことを言い出す。

「アニキって、呼んでもいい？」

「はい？」

「いやだから、あんたの……ユウトさんのこと、アニキって呼びたいんだけど……」

えええー、それはどういう意図ですか。

俺が戸惑っていると、こっちの世界にもあるらしい土下座でナスカは頼み込んできた。

「あんな失礼なこと言っといて今更だけど、助けてくれて本当に感謝してるし、あんな凄《すご》い人初めて。せめてそう呼ばせてほしい」

「まぁ、呼ぶのは自由だけど……」

「ありがとうアニキ！　アタシ、アニキみたいな超カッコイイ冒険者になれるよう頑張るね！」

あぁ、冒険者辞めないんだ。あれで心が折れないってことは、案外向いているのかもしれない。

「アタシのことパシリにでも、何にでも使っていいからね。アニキの言うことならなんでも聞くから」

「じゃあ、無理な依頼は受けるなよ」

「うん、わかった」

最初見たときとは異なる、毒気の抜けた笑みをナスカは浮かべた。笑うと可愛《かわい》いもんだな。

一緒にギルドに行って今回の依頼について報告する。俺の報酬は四十万ギラと高かった。

ラミアが人気者になるわけだ。

結構疲れたので宿に戻って休む。

「今日もお疲れ様でした。いっぱいに食べてくださいねっ」

夕食時、アリナさんが気持ちのこもった料理を振る舞ってくれる。他の客に比べて、どう見てもボリュームがあった。

「ちょっと、あいつだけ明らかに量多いじゃん」

「アリナちゃん、おかしくない？」

「何もおかしくありませんよ～」

妬《ねた》みの視線を送られたが、そこは溜《た》まったフリーＰの振り分けでも考えながらやり過ごす。

視力２、嗅覚１、聴力１の三つを会得しておく。戦いに身を置くならば、五感は鋭いに越したことはない。

これで俺のステータスは以下になった。

スキル：オゾン語７　収納２　隠密１　気配察知１　錬金術３　視力２　嗅覚１　聴力１
身体能力３　投擲３　拳術２　剣術３　槍術《そうじゅつ》１　斧術《ふじゅつ》１　鎚術《ついじゅつ》１　弓術２　盾術１
火魔法３　水魔法２　風魔法２　土魔法２　雷魔法２　回復魔法３　物理耐性１
魔法耐性１　全状態異常耐性２　魔力調整３　魔力増量３　従魔６　全スキル成長10

随分と数は増えたし、地味にレベルアップしているのもある。

転生してまだ数日ということを考慮すれば、順調と判断していいだろう。

翌朝、妙な寒さを覚えて俺は目を覚ます。風邪でも引いたかと思ったら、また少しデカくなったギンローの仕業だった。

「何それ？」

『ツメタイノ、ハケルヨウニ、ナッタ！』

凍えるような冷気を口から吐けるようになったらしく、椅子が凍りついている。

「戦闘にも役立ちそうでいいな。ただし、それ宿のものだからそれ以上は禁止～」

『ウイ』

元気にハシャギ回るギンローの横で、俺は大きく伸びをして、一日の準備を始める。

さあ、異世界の一日がまた始まる。

◆◆◆　◆◆◆　◆◆◆

一週間が過ぎた。

当面、異世界での目標は金を稼ぐことと、スキルを会得、成長させて強くなることに集中しようと決めた。

そこで、まず異世界について図書館で調べた。オゾン語7だと読み書きも問題ないのだ。おかげで、興味深い知識を得られた。

例えば魔物は生後、他の魔物にやられないために速く成長するらしい。ギンローも今は成長が一《いっ》旦《たん》落ち着いたが、体長一メートルくらいになっている。

さすがに、これは相当速い部類に入る。

知能も発達し、魔物を狩る際には非常に頼りになるパートナーだ。

俺の方もフリーPは２０００以上あるし、スキルも剣術、回復魔法、火魔法がそれぞれ４に成長した。

ハイヒールと火壁という魔法を新たに覚えたので日々活用している。

『ヒト、オオイネー？』

冒険者ギルドに向かう途中、ギンローが首をかしげる。

「今日は活気があるな」

まだ午前中だというのに、すでに仕事をやめて談笑している人々が目立つ。気になりつつもギルドに入ると、ナスカが元気よく駆けつけてくる。

「アニキ、おはよう！　今日もかっこいいね！」

「おはよう。特にかっこよくはないけどね」

「そんなことない、アニキはカッコイイよッ」

アノ事件以来心を入れ替えたナスカは、今では別人のように良い人になった。

「それより、今日はお祭りでもあるのか？」

「今日は剣戟《けんげき》祭りがあるんですよ」

響きから想像はつくが気になるな。

ナスカが言うには、毎年行われる一種の祭りなのだが、町中で剣を振ってもいい特殊な催しものらしい。

普通、町中での武器を使った戦闘は禁止されているけれど、今日だけは別なんだそうで。

木剣《ぼっけん》を持ち歩くかどうかで参加の意思表示が行われる。よく見れば、この冒険者ギルドでも貸し出ししているな。

「貴族でも平民でも関係なしに参加できるんだ。無礼講だから、日頃貴族に恨《うら》みつらみがある人は絶対に参加するね」

無論、殺しは御法度だけど、多少の怪我《けが》くらいならば見逃される。逆に、若い男の貴族などは、これに参加しないと腰抜けと評されることもあると。

「アニキはどうします？」

剣術スキルを上げるのに有効そうだな。

「参加してみようかな」

「そうこなくちゃ！　アニキに勝てる奴なんて、この町にはいないと思う。アタシも参加するけど、出会っても攻撃してこないでくれよ～」

「はいはい」

ナスカが持ってきてくれた木刀を受け取り、俺は外に出る。

祭りは、町の見張り塔にある大鐘が鳴らされたら始まるとのこと。

『ボクハー？』

「ギンローは参加できないなー。今日は応援だけよろしくな」

『ワカッタ、ガンバッテナ～』

ギルドの外に出ると、先ほどよりさらに賑《にぎ》わいが増している。大通りだけではなく、小道などにも人は多い。木剣を手にしていない人の方が多いので観戦目的だろう。

ゴーン、ゴーン、ゴーン。

お、ついに始まるみたいだ。勝負方法だが、いきなり攻撃を仕掛けたりするのは禁止で、戦いたい相手の木剣に自分のを軽く当てる必要がある。

観客は道脇に寄り、木剣を持つ者だけが道の真ん中を歩く。

「おおぅ、木剣持ちがいっぱい……」

中には、すでに戦いを始めている人たちがいる。

コツン、と俺も背後から誰かに木剣を当てられる。

「逃げてもいいんだぜ」

細面の男が、不敵な笑みを浮かべていた。

「逃げちゃ、参加した意味ないでしょう」

「それじゃ遠慮なく！」

俺の肩目がけて大振りされた木剣をステップを踏んで躱《かわ》す。

「意外とやるなっ」

ヴォンヴォンと男の木剣が風を切る音と観客たちの応援の声とが入り交じる。

俺は、相手が打ち終わったところを狙って手を叩く。木剣が落ちると、男は痛そうな顔をして言う。

「参った……」

必要以上に攻撃してはいけない。俺の勝ちだ。

うずうずしている男は多いらしく、次の相手はすぐに決まった。

今度は禿頭《とくとう》の大男だ。

「おりゃあああ！」

こっちも大振り連発の雑な攻撃が続く。身体能力、視力、剣術とスキルを揃《そろ》えているおかげか余裕で立ち回れる。まず胴体に一撃。

「うがっ」

動きが停止したところで手首を叩いてやって、今回も勝利を収める。俺のような並の体格の男が巨漢をぶっ倒したということで観客たちのボルテージが跳ね上がる。

「あの兄ちゃん強いな！」

「かっこいいぞーっ」

「いいぞ、その調子で貴族も倒しちまえー」

ステータスを確認すると剣術5に強化されていたので、剣戟祭りに参加した意味はあった。

しかし、貴族なんてこの辺にいるのか……と思ったら、身なりの良い金髪碧眼《へきがん》の少女が俺の前に現れた。

見覚えのある彼女は友好的に接してきた。

「こんにちは。以前、お会いしたの覚えていますか」

「もちろんです。門のところで……ソフィアさんでしたよね」

貴族のアルライト家出身だったはずなので、敬称を様にするか迷ったが、今はこれでいく。

「覚えててくれて嬉《うれ》しいです！　ユウトさんとギンローのことは、ずっと気になってたんです」

「お気にかけてもらって光栄です。しかし、ソフィアさんも……」

俺は視線を彼女の右手に移した。木剣を握っているのだ。さらに、周囲の観客がザワつき始めた。

「あれって、アルライト家のお嬢様か？」

「あそこの貴族も参加していたとは……」

「だが、もしあの二人が戦うなら面白いことになりそうだ」

勝手に盛り上がるのはいいけど、ソフィアさんがどういう人か教えてもらえると嬉しいな。

有名人ですね、と俺は彼女に言う。

「うちは貴族ですが、武力を重んじる一家なんです。町が魔物に襲われたときなど、家族が退治したりすることもあるので」

なるほど、それは有名にもなるわけだ。

彼女はスッと木刀をこちらに伸ばす。

「先ほどの戦い、素晴らしかったです。私とも一戦、剣を交えていただけます？」

「お受けします」

まだ若いとはいえ、武芸に秀でる一家に育った彼女の剣を拝見したい。そんな気持ちから俺は木刀を軽く相手のものに当てた。

正眼《せいがん》に構える俺に対して、ソフィアさんは上段に構える型を取った。普段は柔らかい彼女の表情が途端にキツくなる。特に眼光だ。しばらく睨《にら》み合う。

「……私の威圧が……全く効かないなんて……」

「ん？」

「ユウトさんは、かなりの修羅場をくぐってきたのですね」

俺は何もやってないのに、なぜか評価される。思考を巡らすと、一つ思い当たることがあった。

フリースキルに威圧というスキルが存在する。これが決まると、相手を恐怖状態にすることが可能なのだ。

彼女はこの威圧を使ったにもかかわらず、俺に何も変化が生じなかったから驚いたのだ。

全状態異常耐性スキル——威圧を無効にしたのはこれだろうな。

ソフィアさんはご丁寧に、いきますと合図をしてから俺に攻めかかってきた。

今までの男たちとは違う、コンパクトで鋭い振り。

「はぁあああああ!!」

「おっと、うおっと、うわっと」

避《よ》けたり受けたりで、大忙しだ。けど、十分ついていける。

経験に大きく劣る俺が彼女と互角にやり合えるのは、間違いなくスキルの補助のおかげだ。

彼女の袈裟《けさ》斬《ぎ》りに合わせ、俺はカウンター気味に木剣を振り上げた。

「きゃっ」

彼女の剣が弾かれ、回転しながら頭上を舞っていく。

「ま、参りました。全然、敵《かな》う気がしませんでした」

「いえいえ、こちらこそお手合わせありがとうございました」

「もし、失礼でなければ、流派をお聞かせ願いますか」

リュウハ？　それって美味《おい》しいの、の状態だ。苦し紛れに、自己流だと答えたところ、彼女が口をあんぐりと開けてしまう。あ、ダメな回答のやつだ。

「……どうりで、型にはまらない伸び伸びとした、先の読めない剣でした」

強いて言うならゲームキャラの動きを脳内で再生して、真似してるだけでして……。

「ユウトさんの戦い、見学させてください」

「俺なんかのでよかったら、どうぞ」

そう許可を出したら、彼女はそれから木剣を置いて俺のことを観察し出した。

剣戟祭りの間、俺は十人以上と戦ったけれど、誰にも負けなかった。

祭りが終わると、ソフィアさんは随分と切羽詰まった顔で、こんなお願いをしてくるのだった。

「どうか、どうか私に剣を教えてください！」

貴族の中でもアルライト家の教育はかなりの風変わりらしい。

そんな風に、ソフィアさんは話す。

フィラセムでは十五歳で成人だが、その年齢になるとアルライト家の子供は父親に挑戦する権利を得る。

父に戦闘で勝てれば、それ以降の生き方は自由にしていいというのだ。逆に勝てなければ、父親の敷いたレールを走る人生になる。

ソフィアさんには、自分の力で自由に生きていきたいという意思がある。幼い頃から英才教育を受けただけあって、その辺の男たちよりも腕も立つ。

ただし、それでも父親にはまるで敵わなかったらしい。俺も少し見たけど、お父さんはかなり怖そうな人だった。

「一週間後、私は父の言いつけで他の貴族家の嫡男と結婚しなくてはいけないんです。でも、それは絶対……嫌なんですっっっ！」

感情のこもり具合で心底嫌なのだろうと伝わってくる。ソフィアさんは、何度も頭を下げて剣を教えてくれと繰り返した。

素直に協力してあげたい気分になる。

「……わかりました。俺にできることであれば」

「お礼はきっとしますので！　ご指導よろしくお願いします、先生！」

「せっ、先生って」

「教えてもらう身ですし、そう呼んだ方がいいかなと。師匠の方がいいでしょうか？」

「うーん……先生の方がいいかなぁ……」

むず痒《がゆ》い気もするけど、ここは我慢しよう。

指導を行う場所なのだが、彼女が自宅の庭を推薦してきて焦る。

「いや、お父さんに気安く来るなって言われてるし」

「平気ですよ～。ほら、ギンローはあんなに立派になったじゃないですか」

『リッパ、ナッタ？』

あぁ、そういえば、一ヶ月以内に倍の大きさになったら家を訪ねてもいいとお父さんが言っていたな。

あのときは確か体長五十センチくらいで、今は一メートルほどに成長している。一応、倍ではあるか。

「先生さえよければ今日からでも習いたいです。もちろん、指導料はお支払いします。一時間、三十万ギラでいかがでしょう？」

「一時間で!?」

「先生ほどの腕を持つ方に習うのですから当然です。幼い頃より貯《た》めた貯金がありますので、そこは心配しないでください。もし私が父に勝てたら、追加で何か特別報酬もお支払いしますね」

さすが貴族、太っ腹すぎて恐縮するよ。

早速、彼女の自宅に案内してもらう。

貴族や金持ち商人の家が建ち並ぶ区画に、アルライト家は居を構えていた。立派な建物が財力の大きさを象徴している。

「裏庭に案内しますね」

建物を回り込むように移動する。お父さんに挨拶するべきか迷う俺だったが、必要なくなった。

「ハッ、ハッ、ハアッ！」

上半身裸のお父さんが、背丈ほどの大剣を素振りしていたのである。筋骨隆々な肉体にはところどころ傷があり、その上を汗が流れては滴る。

異物が来た、とばかりにお父さんは俺をギロッと睥睨《へいげい》してきた。

「君は、確かシルバーウルフを従えていた青年だな」

「お邪魔しています」

「あのとき、俺はその魔物が倍以上の大きさに成長したら来てもいいと……」

ここで、彼は俺の隣にいたギンローの姿を網膜に焼きつけ、しばらく口を動かすことを止めた。

「まさか、本当にマーナガルムだというのか？　どうなんだ!?」

「俺にはわかりません。森で襲われていたのを拾って助けただけなので」

「いや、その成長速度なら間違いないだろう。シルバーウルフの赤子は、母親がしばらく庇護《ひご》するために成長が遅いのだ」

お父さんは感動した様子でギンローの頭を撫《な》でる。が、嫌そうにされて大変ショックを受けたようだった。

「た、大切に育てるといい。名乗り遅れてすまない、俺はドーガ・アルライトだ」

「ユウト・ダイモンです」

「お父様、私はこれから先生に剣術を教わります。場所を貸してください」

先生？　と不思議そうにするドーガさんに、ソフィアさんが本日の一部始終を説明する。

彼はしばらく黙した後、低めの声音で問う。

「そんなに俺に勝ちたいか。いや、レイフォン家に嫁ぐのが嫌なのか？」

「当たり前です!!　私の結婚相手を知っているでしょう？　彼は下品なことで有名なんですよ。娼《しょう》館《かん》通いが酷《ひど》いとよく噂《うわさ》までされています」

「男など基本エロいものだ。エロくない男など逆に怖い！　そうだろうユウト君！」

「ノーコメントです」

俺に助けを求められても困る。

大変ご立腹のソフィアさんは感情を抑えきれないようで、どんなに嫁ぐのが嫌かを滔々《とうとう》と説いた。

でもドーガさんも強情で簡単には納得しない。

自分にも勝てない弱者が、冒険者やダンジョンシーカーとして生きていけるわけがない。野垂れ死ぬのがオチと反論。

「だから！　先生を招いて強くなろうとしているんです！」

「たった一週間で何ができるものかっ。そこで結果を出せなかったら、俺の言うことを聞くんだぞ」

「ええ、ええ、わかってますとも。私は、お父様の言いなりになる人生では満足できませんから」

「勝手にしろッ」

癇癪《かんしゃく》を起こして、ドーガさんは家の中に入っていく。ソフィアさんも相当興奮していて、白い肌には朱が差しており、肩を大きく上下させていた。

「先生、指導を！　絶対にお父様になんて負けませんから！」

まあまあ、とまずは彼女を落ち着かせる。それから、フリーPを使って俺はとあるスキルを会得した。

剣術指導5のスキルだ。1500Pと小さくない消費量だけど、一度引き受けた以上は責任が生じるからな。

剣の知識や経験に乏しい俺は、スキルで自分のことは補助できても他人の技術を磨くことはできない。

そこで、指導スキルの出番だ。

「ではソフィアさん、今度は真剣を使って始めよう」

「敬語でなくて構いません。それにソフィアと呼び捨てにしてください」

「わかった。ではソフィア、かかっておいで」

今度は木剣ではなく、本物の剣で剣戟を繰り広げる。

彼女は百六十センチ前後で線は細め。腕力不足をスピードとテクニックでカバーするタイプだな。

さて、剣術指導スキルは、こうやって手合わせをすることで本領を発揮する。俺自身は、相手を指導するという意識さえ持てばいい。

剣戟の中で、自然と相手の悪い癖や得意とする形を引き出していくのだ。

休憩も織り交ぜながら、この日は三時間以上特訓をした。美少女がひたむきに汗を流す姿は、グッとくるものがある。

アラサー男の擦《す》れた心によく効くポーションだ。

特訓が終わると、彼女は深々と頭を下げる。

その際、胸元がのぞけてしまって俺は上を向く。

その発達具合は、大人の女性にも全然負けないどころか、もっと豊かかもしれない。

さすが貴族。栄養豊富なものを食べているからかね。

「先生、もしよかったら晩餐《ばんさん》をご一緒しませんか？」

「いや、今日は遠慮しておくよ」

君のお父さんが少々怖いので、とは口にしないでおく。

ちなみにギンローは、庭に生えている草を食うのに必死だ。

『コノクサ、アンマリ、ウマクネーゾォ～』

「なら食べるのやめようか」

『デモ、オナカグーグー。ムシャモシャ、モシャガリッ!?』

小石が混じってたらしく、悲しい顔をするギンロー。口横から緑の草がはみ出ている。まったく、可愛い奴め。

宿で沢山食べさせるからと説得して、俺たちは帰ろうとする。

「待ってください！　本日の指導料です」

「……ぇぇ……」

普通に九十万ギラを渡され、平民の俺は動揺する。

なんと効率の良いバイトなのだろうか。

「これは、絶対にソフィアを勝たせないとな」

「それはあくまで指導料です。私が負けても返金不要です。先生のお好きにお使いください」

キラキラと澄んだ瞳でそう告げられると、ますます勝たせてあげたい想いが強まった。

指導料には手をつけない。万が一、彼女が負けたときは全額返金しよう。

帰り道、ドーガさん対策を考えていたら、思いがけないところからヒントを得る。

『オジサン、クスリ、クサカッタァ』

「薬？」

『ヒザカラ、キズグスリ』

ああ、だからドーガさんに撫でられたとき嫌そうな素振りしてたのか。

どっちの膝か訊《き》くと右と返ってくる。

最近負ったものかもしれないし、古傷が痛んで薬を塗っている可能性もある。
どっちにしろ、弱点があるなら攻めるのは手だな。
しかし一週間か……。
短いが、俺の方も色々と動いてみた方がいいかもしれないな。

第四話　ソフィアと父親

　こちらでの生活もすっかり慣れ、日々ルーチンワークで生きているところがある。

　まず朝起きてギンローと軽くジャレる。午前はジェシカ治癒院に行き、患者さんを治す。

「ユウト先生にかかると、傷がすっかり治っていいね。ここだけの話、ジェシカ先生より上手《うま》いんじゃないかい？」

　こんな風に俺の顔や名前を覚えてくれ、褒めてくれる人までいるから嬉《うれ》しい。ヒールの上位魔法であるハイヒールを覚えてから特に評判が良い。

　俺は魔力調整スキルがあるので、回復の速度なんかも調整しながら行う。いつものように三十人を治療し帰ろうとすると、ジェシカさんに呼び止められる。

「ねえ、貴方《あなた》本当に凄《すご》くない？　回復魔法の天才だと思うわ」

「ジェシカさんにそこまで言ってもらえるとは」

「お世辞とかじゃないわ。本当に回復師を目指してみない？　私が全面協力してあげてもいいのよ」

　ありがたい話ではあったけど、丁寧に断らせてもらう。俺がここで働くのは金のためもあるが、回復魔法をてっとり早く強化するためだ。

　他人に従事する仕事も悪くないけど、俺はやはり自分の欲望を優先させたい面がある。

「そう……。気が変わったら言ってちょうだい。貴方なら、私では無理だったエクスヒールだって覚えられそうだもの」

ろう。

「精進します」

エクスヒールは、回復魔法８で覚える。まだ先だけど、この調子で続ければそう遠くない未来だろう。

治癒院の後は、ギンローと冒険者ギルド。これもお決まりだ。

「あぁー、あたしのダンナさん来た～！」

受付嬢のリンリンさんはいつもテンションが高い。

「ちょっと、アニキはあんたなんて眼中にないっての！」

ナスカも毎日元気だ。

二人はよく言い合いをするので、本気のケンカに入る前に俺がなだめてやめさせる。

「今日は何かいい依頼ありますか？」

「もっちろん、用意してますとも～」

本日は蜂の魔物がおすすめらしい。

デビルビーという魔物を退治して、余力があればスズメ蜂の巣を持ち帰るとオイシイと。

この魔物の生息地の近くには、なぜか普通のスズメ蜂が巣を作ってることが多いと教えてもらう。

他の冒険者に負けないよう、急いで出発する。場所はフィラセムから一番近い林とのこと。

特に問題なく到着した。入ってすぐのところで、ギンローが鼻をクンクンする。

『アッチ、イルヨ～』

ギンローの嗅覚は非常に優れており、魔物の種類だって嗅ぎ分ける。案内どおり進むと本当にデビルビーがいた。
五、六十センチくらいの巨大なスズメ蜂なのだが、黄色の部分が紫色なのが特徴だ。
毒は相当強いようで、冒険者ですら刺されたら三割は死に至るという。全状態異常耐性のスキルはあるけど、念のため弓に持ち替える。

規則性もなく飛ぶデビルビーに、矢を放つ。……上手く刺さった！

まぐれも実力のうちと捉えよう。

相手はこちらに攻めてくるが二矢、三矢と当てたら地面に落ちてピクピクし出す。俺は最近買った槍《やり》を収納スキルで出して、遠めから突いて殺す。

獲得フリーPは１２０となかなか。弓術が3になったのは嬉しい。槍術《そうじゅつ》はまだ1だな。

魔物退治の後はスズメ蜂の巣を探す。

『アッタヨ』

木に巣を作ってたのをギンローが見つけるも、大量の蜂が飛び出してくる。警戒されている。

「壊さずに持ち帰るのは難しいかな」

『ボクニ、マカセテ！』

ギンローの口から白みがかったブレスが吐かれる。このフリーズブレスに、スズメ蜂は為《な》す術《すべ》なくボトボト落ちていく。

巣も少し凍ったが問題ない。次第に溶けるだろう。

ギルドに持ち帰ると退治と納品合わせて十五万ギラになった。悪くない。

夕方にはソフィアの稽古のため、いつもの裏庭に向かう。またドーガさんが鍛錬をしていたので少し緊張した。

「ソフィアなら出かけている。もうすぐ帰ってくるとは思うがね」

「では、ここで待たせていただきます」

邪魔にならないよう隅っこに移動すると、ドーガさんが言う。

「君は相当な剣の使い手らしいな。ぜひ一度、手合わせしたいものだ。どうだ？」

これは願ってもない申し出だった。なぜかって、俺は彼と手合わせするにはどうすべきかずっと悩んでいたからだ。

彼の動きや戦い方を知っておけば、ソフィアを指導するにも役立つだろうし。

喜んで引き受ける。

「どうせなら、真剣にやり合おう。俺も大剣と魔法を使わせてもらう」

「わかりました」

向かい合って勝負を始める。

やはり親子だな。ドーガさんも威圧してきたのだ。でも強さはさほどでもないのだろう。特に何もせず防ぐ。

通じないとわかるや、今度は大剣を横一文字に振った。彼我の距離は五メートル以上ある。何の真似だ？

「ッ!?」

俺は咄嗟《とっさ》にしゃがむ。頭の上を鋭い斬撃波が通過した。軽く振っただけであんなのが発生するわけはない。

風魔法と剣術を組み合わせているのだ。風魔法3以上はあるな。

「隙《すき》ありだぞ、ユウト君！」

肉薄して大剣を落としてくるので、転がって避《よ》けた。地面の土が弾《はじ》け飛んで抉《えぐ》られる。

見た目どおり、とんでもないパワーがあるみたいだ。ただし、豪快なだけあって隙はなかなか多い。

ドーガさんは基本的な動作がそれほど速くはないな。俺はわざと何太刀か受けてみる。

重いけど、耐えられる。さっきに比べるとだいぶ踏み込みが甘くなっている。

一旦距離を取って、俺は彼の右膝に尖岩弾《せんがんだん》を撃ってみた。

「むむ……！」

大剣の腹でガードしたけど、明らかに嫌がっている。表情も露骨に歪《ゆが》んだ。ギンローが教えてくれた情報は正しかったのだ。

膝に爆弾を抱えている可能性が高い。

確信を得るため、俺は彼の右側面への攻撃をしつこく繰り返す。

右からの剣を受けると、彼の体は右を向く。その際、右膝に体重がかかる。さらに剣を受けた衝撃も加わる。

手数で押してみると苦しそうに歯を食いしばっていた。だが大きく振りかぶったので、嫌な予感がして俺は大きく後退する。

「ぬっ――おおおっ！」

下がって正解だった。大剣のリーチを活かした大回転斬りを繰り出してきたのである。

回転の勢いが消え、ドーガさんがフラつき出したので、俺は風魔法で強風を送り込んで尻もちをつかせた。

手から離れた大剣を蹴って、相手の胸元に切っ先を突きつける。

「……完敗だ。娘が君に剣を教わりたがるわけだ」

「ドーガさんの大剣もかなり怖かったです。まともに一撃もらえば負けそうですし」

「だが、当たらなかった。しかも、君は勝ちに徹していなかった。俺のことを調べていた。試されていた気分だよ」

俺は頬《ほお》を指でかいて誤魔化す。

正直、勝つだけならば遠距離から魔法や投擲《とうてき》の連発でいけただろう。

だが、今回はソフィアがどんな動きをすれば勝てるかを想定していた。

「……ドーガさんは、本当にソフィアを嫁がせたいのですか。本人が嫌がっていても」

「女としての幸せを考えるなら、悪くない相手なんだ」

「でも彼女は、女性としてでなく、一人の人間として自由に生きたがってます」

「だからこそ！」

ドーガさんは語気を強める。

「強くなくてはいけない。強くない者が自由に生きたところで、降りかかる困難を乗り越えられはしない。そうなるくらいなら、多少不満はあっても死なない道を生きてほしい」

俺に子供はいないけれど、ドーガさんの気持ちはよく伝わってきた。

子育てって難しいな。

取り返しのつかない失敗をしないでほしいと願う親と、生き方を自分で切り拓《ひら》いていきたい子供。

きっと、どちらも間違ってはいないのだろう。

◆ ◆ ◆

ソフィアの人生のターニングポイントが、明日に迫った。

前日の今日は、早朝の訓練も行う。青鳥亭《あおどりてい》に彼女が訪ねてきて、裏庭で明日のシミュレーションをしていた。ちなみに、俺は大剣を使ってなるべくドーガさんの動きをコピーして戦っている。

二時間ほど動きっぱなしだと、ソフィアも俺も汗だくになった。

「ハァ、ハァ、ハァ」

「よし、あとは休んで夕方に最後の訓練だ」

「はい！」

着替えをして宿のテーブルに座る。

「私、こういう宿に泊まったことないんです。一度、泊まるのが夢で……！」

彼女はキラキラした瞳で宿内を見回す。貴族のお嬢様には新鮮な空間らしい。

朝食に誘ってみたら、彼女は悩みまくった末に首を横に振る。

「すごく嬉しい誘いですけど……これから走り込みをしますので」

「オーバーワークには気をつけて。明日、本気を出せなかったら意味ないぞ」

「肝に銘じます。先生も良い一日を！」

そう言うと、本当にランニングに出てしまった。逸《はや》る気持ちもわからなくはないけどな。

『マモノ、タオシテーナァ』

「あはは、どうしたギンロー」

『カラダ、ナマッチマッター』

宿の客の口調を真似てるのだが、ギンローの本音も含まれているだろう。犬もそうだが、犬種によって適切な運動量がある。

ギンローくらいの狼《おおかみ》の魔物だと、一日に動く量は相当なものになるのだ。

そこで、今日は午前中から依頼をこなすことにする。ギルドに入るとナスカが喜色満面で迎えてくれる。

「アニキ〜、美味《おい》しい情報仕入れたよっ」

「お、いいね」

「実はさ、ロマーネ街道に熊に似た魔石獣がちらほら出没するらしいってさ」

魔石を持つ獣だろうか。俺のイマイチな反応でナスカが驚いて眉を上げた。

「もしかして、魔石知らないの？」

「聞いたことはあるんだけどなぁ」

「アニキって凄い人なのに、基礎的なことが抜けたりするんだねぇ」

異世界人なもので、どーもすみません。でも『フリー無双』では魔石は錬金術に有用だという前世の知識はある。

魔石は強い武器や装飾品を作成するのに有用なのだ。他にも使い道はないか、ナスカに教えてもらう。

「種類や大きさにもよるけど、持ってるだけで魔力量が増えたり、魔法が強くなったりするよ。錬金にも使えるから高値で売れるし」

「魔物にも魔石を持たないタイプがいるんだな？」

「っていうか、体内に持たないタイプの方が多いね。だから貴重なのさ」

なるほど、つまり争奪戦になってもおかしくない。ナスカはこの情報を酒場の商人からこっそり教えてもらったらしい。

まだ噂《うわさ》はそこまで広まってないが、モタモタはしない方がいいと話す。

「早い者勝ちだよ」

「ナスカも狙ってるのか」

「アタシには強い魔石獣はムリムリ！　大人しくスライムでも狩ってくるよ。じゃーね、アニキーッ」

本当に情報だけくれて出ていく。もし上手く魔石を入手できたら、彼女に情報量としていくらかあげよう。

今日は依頼は受けず、ロマーネ街道を目指すことに決める。

フィラセムから歩いて半日程度で街道に入る。

「軽くジョギングしよう。ギンローも走りたいだろう？」

『ハシル！』

町を出てから駆けっこでストレス発散をする俺とギンロー。十分も走ると、明確に人間の限界値を知らされる。

やっぱりギンロー、速すぎるわ。

身体能力スキルの恩恵で、俺も全体的に能力は上がっているし、地球の短距離チャンピオンよりも多分足は速くなっている。

それでも魔物にはまるで敵《かな》わない。

「個別に強化しておくかね」

実は、重複する形でスキルを乗せられる。体力2、怪力2、敏捷《びんしょう》2の三つを会得して、より身体能力を高めることにした。

今の俺のステータスはこんな感じだ。

スキル：オゾン語8　収納2　隠密1　気配察知2　錬金術3　視力3　嗅覚2　聴力2

身体能力4　体力2　怪力2　敏捷2　投擲3　拳術2　剣術6　剣術指導6　槍術《そうじゅつ》1
斧術《ふじゅつ》1　鎚術《ついじゅつ》1　弓術3　盾術1　火魔法4　水魔法2　風魔法2　土魔法3　雷魔法2
回復魔法5　物理耐性2　魔法耐性1　全状態異常耐性3　魔力調整3　魔力増量3
従魔6　全スキル成長10

『アッレ、ハエーク、ナッタ!?』

「どうだ、速えーくなっただろう！」

体力がつき、走る速度もアップし、おまけに腕力も強くしておいた。

調子に乗ってギンローを追い抜き、ほらほらこっちだよ～と手を振って挑発。

結果、ガチになったあいつに普通に抜き返されて、しかも置いていかれる形に。

「待ってくれよギンロ～ッ」

何ともかっこ悪い主人の誕生である。

街道に到着すると、周囲の気配を窺《うかが》う。

今のところ変な気配は感じないな。

街道は馬車が二台並んでも通れる広さで、両脇を木々などの自然に挟まれている。

「魔石獣は熊に似ているって言ってたな」

『クンクン……ユウトー、チノニオイ、スル』

「行ってみよう」

ギンローは真っ直ぐに進む。横道の茂みに入ることはなかった。

そして、血の臭いの原因が判明した。人が三人、血を流して倒れているのだ。

装備を見るに冒険者か傭兵《ようへい》あたりだろう。

二人死んでおり、残る一人も首をかっ裂かれていた。

「俺の声が聞こえますか！」

「ヒュー、ヒュー……」

俺はハイヒールで首元の治療に当たる。魔力調整も使って効果をアップさせる。

男性は息も絶え絶えといった様子だが、目だけはこちらに動かした。いけるかもしれないな。

彼が、生気を取り戻す。

「あぁ……楽に、なった。ありがとうっ」

「魔物に襲われたんですね？」

「俺たちは隣町に行く商人の護衛で、馬車はあっちに逃げた。仲間が戦ってるはずだ」

魔石獣なら一石二鳥ではある。向かおうとすると、彼が焦って呼び止めてきた。

「行かない方がいい！　熊っぽい魔物だが異常な強さなんだ。せめてCランク以上の冒険者でもないと、太刀打ちできねえよ」

「Eランクの新人ですが、やってみます。危険なら逃げますので」

俺はギンローと疾走する。

彼の言うとおり、他の護衛たちが巨大な赤毛の熊と戦闘中だった。馬車は半壊しており、商人が外に出ている状態だ。

やられた護衛は二人。劣勢ながら戦うのが四人。護衛を十人近く雇うとは、金のある商人だな。

「冒険者です、助太刀します！」

「気をつけろ、このレッドベアはクソ硬いぞッ」

硬いうえに、こんなにデカいのかよ……。

四メートルは超えてるな。赤い羆《ひぐま》って感じで、二足で立って両手を広げている。

あの肉厚じゃ、俺のショートソードの刃が通るか怪しいぞ。

「グゥ、グゥゥゥウウア！」

「ガルルルルゥ！」

ギンローと威嚇し合っているので、俺はゆっくり側面に回る。視線で合図を送ると、ギンローがレッドベアに飛びかかる。

といっても単純にではなく、高い俊敏性を活かして翻弄《ほんろう》する形だ。

楽に背後に回り込むと背中に牙を立てた。

「グォオオ!?」

レッドベアは上手く腕を後ろに回せず、背中にいるギンローにやられっぱなしだ。

俺は尖岩弾を強く撃つ。上手く突き刺さってくれた。

レッドベアはすぐに異物の岩を弾き落とし、俺に突進してくる。そこで木を蹴って高く跳躍し、魔物の上を通過。

樹木に衝突して頭を振るレッドベアに、以前作った毒ナイフを投擲した。先ほど尖岩弾で傷つけた血肉が見える箇所を狙う。

「上手く入った。ギンロー、離れていいぞ」

一旦離れさせ、雷魔法で電撃を飛ばして体力を削る。数分で毒が回ってレッドベアは倒れて痙攣《けいれん》した。

俺は収納スキルで大剣を出し、首に叩《たた》き落とした。

戦闘が終わると、まず倒れている人を治療。一人は死亡していた。残る人はハイヒールで怪我《けが》を治せた。

魔力には余裕があるので残る護衛も回復。

「九死に一生だ。助けてくれてありがとう！」

「あんた、すげえよ！　あんな化け物相手によく冷静でいられるな」

「そっちの従魔も頑張ったな。かっこいいわ」

「まだまだですよ。ところで、あの熊から魔石を取りたいんですが、どなたか手伝ってもらえませんか」

みんな、快く協力してくれた。魔石は、大体心臓のあたりにあることが多いようなので、全員で解体作業に入る。

肉の中に黒っぽい石を見つけ、俺は掴《つか》み取る。五センチほどのゴツゴツした石だ。

「そいつが魔石だよ。おめでとう」

目的の魔石、ゲットだぜ！

レッドベアの魔石を入手して喜んでいると、商人が話しかけてくる。

「いや～お強いのですね。あなたのおかげで助かりました」

「いえ、困ったときはお互い様ですから」

本当は魔石が目的だったことは黙っておこう。

彼は四十前後のふっくらとした人で、服装など見るからに裕福そうだ。

お互い自己紹介する。

彼はオットさんと言うようだ。フィラセムから別の町に商売に行くところだったが、魔物に襲われてこの惨状だと悲しそうに話す。

「護衛料はお支払いしますので、お付き合いいただけないでしょうか」

「……そうですね、わかりました」

俺ももうここに用はない。応じて一緒にフィラセムに戻ることに。

傭兵が死体を馬に乗せ、俺とオットさんは歩きながら移動する。

「どんなものをお売りになるのです？」

彼の荷物は大きく、興味本位で尋ねる。

「こういったものを取り扱っております」

彼が取り出したのは様々な魔物の素材だ。牙、爪、毛、指など。失礼だけど、こんなもの何に使うのだろう？

そんな疑問が顔に出ていたのだろう。オットさんは朗らかに説明してくれる。

「今回の商売相手は錬金術師でしてね。これらは魔物の素材なのですが、錬金の素材に使えるらしいのです」

「オットさんがお獲《と》りに？」

「いえ、安く入手するツテがありまして」

なるほど。俺は錬金術に役立つものがないか眺める。鳥の羽根に注目する。

「これは鳥の魔物ですよね」

「ええ、そのとおりです。相当に速く飛ぶようです。私は詳しくないのですが、速い魔物は結構良い素材になるようです」

そうそう、動きの速い魔物、体重の軽い敵は錬金に役立つ。俺もゲームで、それらを使って武器の重さを軽くしたり、身軽になる服や靴を作っていた。

欲しいな。売ってくれないかと交渉してみた。

「もちろんです。ユウト様は命の恩人ですし、特別料金で取引させていただきます」

「ありがとうございます」

スピードバードの羽根を購入する。値段はかなりまけてくれたのか相当に安かった。

行路は順調で、特に危ない魔物に襲われることなくフィラセムに到着する。

彼が財布を出そうとしたので俺は止める。

「ここまで安くしていただきましたし、護衛料はなくて大丈夫ですよ」

「お気遣い感謝します。ユウト様、私はここで商店も営んでおります。何かありましたらいつでもおたずねください」

「今後ともよろしくお願いします」

オットさんと和やかに別れる。人脈はあるに越したことはない。

『クラクナッテ、キタネー』

「そうだなー、帰ろうか」

日が暮れてきたので、今日は大人しく宿に戻る。魔石の使い道だが、やはり錬金術に使うのがいいかな。

そろそろ強い武器かアイテムが欲しい。

夕食を食べ、部屋でギンローの毛をとかしてやる。

「気持ちいいかー？」

『スー……スー……』

すっかり眠っているので耳をいじったり、尻尾をにぎにぎして遊ぶ。

魔石の使い道をぼんやり考える。

魔石、剣、それから魔物の素材があれば、そこそこ強い武器は作れる。今日オットさんから買った素材を使ってしまおうか？

魔石、剣、羽根があれば軽い剣の作成に成功するはず。

「ただあれ、折れやすいんだよな」

ゲームでは、剣は軽くて攻撃は速かったが、そのぶん壊れやすかった。無論、ここは現実なので違うかもしれない。

でも不安がある。

そこで、別の作成方法を取ることに。この三つに、硬い魔物の素材を入れると、頑強さと軽さのバランスが取れた武器が作れるはず。

明日の午前、オットさんの店を訪ねてみよう。

◆◆◆　◆◆◆　◆◆◆

朝、起きてまず考えたのは剣じゃなくソフィアのことだ。

今日の正午、彼女は将来をかけて父親と戦う。

ちゃんと見届けてやらないとな。

昨日教えてもらったオットさんの店に、ギンローと一緒にお邪魔する。

魔物の素材、道具、回復薬を扱うお店で結構大きい。

「おや？　ユウト様ではありませんか」

「昨日の今日ですみません。実は欲しいものがありまして。硬い魔物の素材は扱ってますか？　ゴーレムとか岩系の魔物だと助かります」

「少々お待ちください」

オットさんは棚に飾ってある角状の岩を取り、俺に渡してくる。

「それはロックカメレオンという岩に擬態する魔物の尻尾です」

角じゃなくて尻尾の先端なんだ。岩にしか見えないので、本体も相当硬いのだろう。これなら十分、錬金に耐えられるかな。

値段は二十万ギラと少々お高い。

「失礼ですが、ユウト様はこれをどのようにお使いになるのでしょう？」

あっ……若干だけどオットさんの目が鋭い。

もしかして、転売すると疑われているのかもしれないな。

彼からしたら気分の良いものじゃない。顔が厳しくなるのも当然だ。

「錬金術に使います」

「なんと！　ユウト様も錬金術を扱えるですか！　……これは失礼しました。てっきり私、他に高く売るのかもしれないと一瞬考えてしまい」

「いえいえ、商人なら当然ですよ。俺はそれはしないのでご安心ください」

「どうでしょう。もし錬金術をここでお見せいただけるのなら、代金を十八万ギラにしますが」

疑ってるわけじゃなく、興味本位だろうな。そんなことで安くなるなら断る理由はない。

机に剣、魔石、スピードバードの羽根、ロックカメレオンの尻尾を並べる。

手をかざして錬金術スキルを使用する。

今まで使ってた剣に比べて刃が少し長くなったショートソードが出来上がる。

「ほぉ――っ！　お見事ですな！」

オットさんのテンションが高い。ただ、俺はまだ喜べない。ギンローも不思議そうに首をかしげている。

『コレ、ナニカ、カワッタノー？』

そこなのだ。ぱっと見、先ほどの剣と大差ないように思える。

俺は緊張しながら剣を持ち上げ、笑みがこぼれる。

何度か振ってみて、それは確信に変わる。

「かなり使いやすくなってる。よかったら持ってみてください」

「よろしいのですかな。――こ、こ、これは素晴らしいっ!?」

彼が絶賛したのは、普通の剣よりずっと軽いからだ。

振ってみていいと告げると、嬉々《きき》として素振りするオットさん。

「私は剣の腕はないですけど、これを握ってると戦えそうな気がしてきますな～」

『ボクダケ、ヨクワカラナーイ』

「よーし、じゃあギンローもくわえてみ」

俺は柄《つか》をギンローに噛《か》ませてみる。

『アーッ、カリー、カリー！』

「かりーか、そりゃよかった」

『コレ、ボクガツカッテ、イインカイ？』

「悪いけど、それは俺が使うよ。っていうかギンローは持たない方が強いぞ」

『シュウ……』

シュンとして落ち込むギンローの頭をなでなでして慰めておく。

「ユウト様、もし余ったアイテムなどありましたら、ぜひウチにお売りください。他店より高く買い取らせていただきます」

「はい、お世話になります」

ポーションなど、今後はここに売りにこよう。

さっきので錬金術3が4にアップしており、より色々と作れるようになった。

◆◆◆

オット商店から出ると、俺はソフィアの家に向かう。

途中の公園で、ギンローが珍しくワンワン吠《ほ》える。

「急に何だ？」

『ソフィア、イルヨーッ』

「……本当だ」

額に汗を浮かべ、公園内で一人で素振りをしている。

対決の前の最後の練習といったところか。

ただ、少々やりすぎのような気がするので止める。

「ソフィア、熱が入ってるね」

「先生っ!?　いつからいたのです？」

「今、偶然通りかかったんだ。それより、少しやりすぎじゃないかな。戦いの前に体力を消費するのはもったいないぞ」

「……ジッとしていられなくて。家に、もう婚約相手が来ていることもありまして……」

ああ、そういうことか。

家にいると顔を合わせなくちゃいけないもんな。

ソフィアは、婚約者のことがよっぽど好きじゃないんだろうなぁ。

「君さえよければ、この剣を使ってみないか」

そう言って、俺は先ほど作ったばかりの剣を渡す。

「先生の剣をお借りでき——え？　すごく軽くありません!?」

「錬金術で作ったんだ。軽くて丈夫な魔剣のはずだから、ドーガさんの大剣にも耐えられるはずだ」

「……よろしいのです？」

「もちろん。俺だってソフィアには勝ってほしいしさ」

「先生……………」

ソフィアの目がうるうるとしてくる。少し気を許したら泣きそうなほどに。彼女は剣を大事そうに抱えながら言う。

「お借りします。私は、先生に剣を教えていただいて、本当によかったです！」

眩《まぶ》しいくらいの笑顔を向けられ、俺は目を逸《そ》らす。

太陽の下で見ると、改めて超美人だよなぁ。

さて、そろそろ行かねば。

ソフィアと一緒に彼女の自宅に移動した。

ドーガさんとの決闘は庭で行われる。

彼はすでにいて、威厳たっぷりに仁王立ちしている。そして、ソフィアの婚約者であろう男性とその従者もいた。

「おぉ、ようやく僕の花嫁がやってきたようだ」

茶髪で顔にそばかすのある青年が、大仰に手を広げてソフィアにハグを求める。

「お待たせしました、レントル様」

彼女はハグには応じず、軽く頭を下げるに留《とど》める。レントルは上も下も真っ白な服で、胸のポケットにバラを一輪差し込んでいる。腰には帯剣。剣に覚えがあるのかもしれない。

にしても……俺が貴族だ、と主張するような格好だなー。

「おやおやソフィア。ハグに応じてくれないのかい？」

「……すみません、今はそういう気分ではなく」

「ふーん、まあ、いいや。結婚したらいくらでもできるようになるしねえ」

エロい目つきでソフィアを舐《な》め回すように眺めるレントル。

うーん、あの目。セクハラで会社辞めた元上司にそっくりだ。

俺がソフィアでも死ぬ気で結婚に抗《あらが》いそう。

ここで、ドーガさんが咳払《せきばら》いをする。

「レントル様には、すでに事情を説明してある。ソフィアが勝利した際は、自由に生きることを認める。ただし俺が勝ったときは、約束どおりにしてもらう。いいな？」

「はい、問題ありません」

「ぷぷ、ドーガさんが負けるなんてあり得ないでしょう。手を抜いたりしませんよねー？」

軽く尋ねるレントルに、ドーガさんは力強く頷《うなず》く。

「それは絶対にありません。俺に勝てないようでは、この世界を一人で生きていくなど不可能でしょう」

「じゃあ、早く始めちゃって、僕の花嫁になることを決めてくださいよ～」

チャラチャラしていて、俺も好きになれないな。

ともあれ、審判は誰がするのかと思えば、ドーガさんが俺を指名してくる。

「ユウト君なら、信頼できる。いいかな？」

「……引き受けます」

俺がソフィアの先生だと知って、なお指名してくるんだ。真剣に務めさせてもらう。

しかし、レントルからすれば見逃せるものじゃないだろう。

「ドーガさん、あの男はソフィアに剣を教えていたという男では？」

「そうです」

「そんなの審判にしたらマズイでしょう？」

「いえ、問題ありません。信じてください」

「貴族ですか？」

「いえ、冒険者です」

貴族ではないと知ると、レントルは俺を睨《にら》んでくる。

「もしソフィアに有利な判定をしたら……わかってるな？」

わかりませーん、とふざけたくなったが、ここは真面目に返事をしておいた。

「二人とも準備はいいですか？」

「うむ」

「はい、こちらも大丈夫です」

ドーガさんが大剣を、ソフィアが魔剣を構える。

最後に、俺はルールを確認しておく。

殺しは当然なし。武器を落とす、参ったと口にする、気絶するで負けだ。

「では、始め」

「覚悟しろ、ソフィア！」

さすがドーガさん、実の娘だろうと手加減する様子など微塵《みじん》もない。巨躯《きょく》と長い大剣を活かして猛然と攻めかかる。

ソフィアの方は対抗せずに、避けることに集中する。静と動の出だしで対照的だ。序盤はあまり積極的に行かない方がいい、と俺はソフィアにアドバイスしてある。それを忠実に守っているな。

大剣が地面を打ち、土を撒《ま》き散らす。

これが結構厄介で、目に入るとまずい。

ソフィアはそれも計算に入れて動いているので、今は心配しなくていいな。

「ソフィア、逃げてばかりだな。それがお前の戦い方だと？　これからもそういう生き方をしていくのか」

挑発だ。乗っちゃダメだぞソフィア。

「私は……逃げてなどいません！」

乗っちゃった!?　猪突猛進《ちょとつもうしん》するという、あまり良くないパターンに入る。

ドーガさんはこれを完全に狙っていて、彼女の踏み出しに合わせて斬撃波を飛ばす。

冷や汗をかく俺だけど、ソフィアはかなり冷静にスライディングしてそれを避けると、一気に距離を詰める。

「ヤァアアア――！」

高速の突き、鋭い剣閃《けんせん》がソフィアから繰り出される。息を呑《の》むほどの猛攻には、さすがのドーガさんも大剣を盾代わりにするしか道がなくなる。

豪快一辺倒なドーガさんに対して、ソフィアはメリハリを効かせられる剣士だ。柔と剛を兼ね備え、相手に合わせて臨機応変に戦っていく。

魔剣の効果もあって、剣速がとんでもないことになっている。

このまま勝負決定かと思われたけど、ドーガさんが意地を見せる。

「きゃっ!?」

ソフィアが短く悲鳴をあげたのは、風魔法の強風を使われたからだ。彼女の体重は軽く、突然やられると踏ん張りがきかずに吹き飛ばされる。

とはいえ、軽やかに着地するあたりはさすがだな。

「はぁ、はぁ、強くなったな。だがこの程度では、まだまだ」

「私はまだまだ戦えます」

疲れ気味のドーガさんを見抜いて、ソフィアは一気に畳みかける。

接近戦にて、手数で押していく。もう、さっきと同じ手を食らうこともない。風魔法を使おうと彼が腕を伸ばすと、すぐに回り込んで回避するからだ。

ドーガさんの大振りが終わった直後、狙い澄まされた彼女の剣が太腕を斬る。

「ウグッ……」

ソフィアの一撃は、ついに大剣を落とすことに成功した。

「そこまで」

俺は合図を出す。武器を落としたら負けなので勝負ありだ。

ドーガさんは疲弊していて、座ったまま話す。

「まさか、この俺が負けるとは……。以前あった悪い癖がほとんど矯正されているな」

「先生との訓練で、自然と修正されていきました」

「俺も、ユウト君に剣を習うべきかな……」

「お父様、私の勝ちを認めてくださいますね？」

完敗だ。認めざるを得ない。彼も納得した表情で首肯する。

これで緊張の糸が切れたのだろう、ソフィアは満面の笑みを浮かべて俺に抱きついてきた。

「やりました先生！」

「気迫のこもった戦いだったよ」

「何もかも先生のおかげです！　先生が見守っていてくれたから、落ち着いて戦えたんです」

「……ドーガさんの右膝、狙わなかったな」

ソフィアには、弱点をちゃんと伝えてあった。

積極的に攻めれば、もっと楽に勝てたはずだ。

「何だか、そこを狙って勝っても本当の勝利じゃない気がしたんです。……先生は甘いと思いますか？」

「魔物相手なら甘いけど……個人的にはかっこいいと思うな」

『カッコエエー！　ソフィア、カッコエカッター！』

「うふふ、先生もギンローもありがとうございますっ」

素晴らしくほのぼのした空間は気持ち良いけれど、これが長く続くようには思えなかった。

俺は鬼の形相をしている彼に顔を向けた。

第五話　新たな人生

「いつまでも抱き合ってイチャイチャしてんじゃあ――ねえええええええええ！」

地震でも起こしそうなほどの怒声で叫ぶのは、婚約者のレントルだ。

こうなるのは決闘が終わったときから予想がついていた。あの人、明らかにイラついていたからだ。

レントルはドーガさんに詰め寄り、詰問する。

「さっきの戦い、手を抜きましたよねえ!?」

「いや、抜いていません。全力で戦った結果です」

「は、ず、か、し、く、ないんですか！　そんな立派な体をして、あんな十代の少女に負けるなんて！」

「返す言葉もありません」

反論しないドーガさんじゃ物足りないようで、彼は審判だった俺にイチャモンをつけてくる。

「さっきの戦い、終わりの合図が早かったんじゃないかね。まだ武器が完全に落ちないうちに合図を出した」

そんなわけない。俺は地面に大剣が落ちたのを視認してから終わりを告げた。

そう主張するが、レントルはなかなか引かない。

見かねたソフィアが俺をかばう発言をする。

「先生の判断は完璧でした。それに、お父様だって負けを認めていました」

「婚約者にその言い方はなぁ……」

「私は勝ったので、貴方《あなた》との婚約は取り消しです」

「……そうだな、君は勝った。でもまだ、勝負は終わったわけじゃない。――君、僕と第二戦といこうじゃないか？」

君ってのは俺のことらしい。こっちには答える間も与えず、挑発してくるから厄介だ。

「まさか逃げないよね？　先生ともあろう者が、教え子の前で逃げるのは恥だよ」

「戦うのはあなたですか？」

「え？　あ、ああ、そうだが」

「ソフィア、受けてもいいかな？」

「はい、先生の実力を信頼しています」

ということなので、俺は決闘を受け入れることにした。

無論、負けたら彼女が彼と結婚することになるので敗北は許されない。

でも俺は、こんな男には負けない自信がある。以前、ソフィアから彼は大した実力はない親の七光だと聞いている。

戦いのルールは、さっきとは少し変えるらしい。殺しはなしだが、武器を落としても負けにはならない。

気絶するか、降参するまで戦いは続く。

俺が受け入れると、レントルは意気揚々と剣を抜いた。

「僕は高名な剣士から剣術を習っている。負けないよ」

俺はソフィアから剣を受け取って構える。

「こちらは準備できました」

「では始めよう。いくぞ」

あっちのタイミングで合図を出すのは、ちょっと狡《ずる》いよね。

特に飾り気もなく突進してくるのだけど――なんか遅いな。

迫力もない。魔法は使えないのだろうか。

「これで終わりだ！」

素直な袈裟《けさ》斬りだけど、何か仕掛けがあるのかもしれないな。

念のため、受けつつも、すぐに下がれるようにするか。

俺は剣を振り上げる。これで相手の剣を受け――

キンッ！

くるくると回転しながらレントルの剣が飛んでいく。

「ん？」

「へ？」

俺たちは二人して間抜けな声を出す。あまりにも剣が軽かったんだけど……この人、握力なさすぎない？

「や、やば」

逃げようとしたので、俺は剣を捨てて掴《つか》みかかる。

「ちょ、離せ」

そう言われて従う理由はない。さっさと背負い投げを決める。

「痛っつ～～～」

普通に効果ありで、レントルは体を丸めて痛みに耐える。普段からあまり鍛えてないのだろう。

「もう、降参しますよね？」

「……」

「無駄に腕折ったりとか、俺はしたくないんですけど」

「……参った」

あっさりと勝負が終了する。ソフィアとギンローが駆け寄ってくる。

「楽勝でしたねー」

『テキ、ヨワカッタネー』

おいおい、真実だけどレントルには結構キツい言葉だよ。

さて、ダダをこねられるかと心配したけど、そんなことはなくレントルは去っていった。

最後、恥ずかしそうだったな。

邪魔者がいなくなると、ドーガさんがソフィアに尋ねる。

「ソフィア、これからどうするんだ？」

「冒険者になります」

「ユウト君のようにだな」

「はい。先生、たまにパーティを組んでいただけますか？」

「もちろん」

ソフィアは強いし、こっちから頼みたいくらいだ。

彼女は親に頼らず生きるため、明日には家を出て独り暮らしをすると意思表示した。

するとドーガさんが、俺に改まった態度を取る。

「ユウト君、君には君の生き方がある。娘を頼むとは言えないが、よければたまに協力してもらえると親としては助かる」

「ええ、お任せください」

ドーガさんは傷の手当てをするため、館《やかた》に戻っていく。俺はソフィアと別れる前に、結構な額の金を取り出す。

「全部ではないけど、返すよ」

授業料として受け取ったお金のことだ。

「これは、授業料です。先生が納めてください」

「でも、これから色々とお金が必要になる。それに高すぎるとは感じてたんだ」

一時間三十万は、さすがにねえ……。

今の俺にそこまでの価値があるとも思えない。

「妥当だと思う分を抜き、残りを返すよ。あとこれから、教えるときはお金はいらないよ」

剣術指導スキルが上がっていくのは悪くない。将来、剣術教室とか開いて指導料を取れば、十分なお金になるはずだ。

「先生、何から何まで、感謝いたします。これからも、どうぞ仲良くしてくださいねっ」

やっぱりソフィアは、笑った顔が一番可愛《かわい》いかもな。

◆◆◆　◆◆◆　◆◆◆

次の日、ソフィアが冒険者登録が済んだとわざわざ宿まで報告に来てくれた。

すぐに俺に追いつきます、と気合いたっぷりだったな。

俺はEランクだし、すぐに追いつかれるだろう。

そう考えながら魔物討伐の依頼をこなしたところ、受付嬢のリンリンから意外な報告を受ける。

「おめでとうございますーっ。ユウトさんは、これでDランクの昇格試験を受けることができますよー」

俺の働きが認められたらしい。

受けるかと訊《き》かれたので頷《うなず》く。ランクが高いに越したことはない。

「三日後に、アモズの森で試験が行われます。合同試験ですから、他にも候補者がいますよ」

他の候補者と競争を強いられるのかな。

従魔の参加も問題ないようで、非常にありがたい。

「ユウトさんなら絶対合格間違いなしですっ。楽勝です」

「だと、いいんですけどね」

「大丈夫、大丈夫。あたしは新人冒険者を色々見てますけど、ユウトさんが一番優秀だと思います。合格おめでとうございます！」

「気が早すぎますよ」

でも、安心感が増すから不思議だ。

試験内容は、当日伝えられるらしい。

特に取れる対策もないので、日々を普通に過ごす。

治療院で働き、魔物退治の依頼をこなし、錬金術で作ったポーションを売ったりする。

お金とフリーPが貯《た》まり、スキルの練習にもなる。


三日はあっという間に過ぎた。

試験日、アモズの森にギンローと向かう。現地集合なのだ。

フィラセムの周辺には、森が結構多い。アモズの森は小さいけど、魔物が強いと宿の冒険者から聞いた。

やたら強い個体が結構いるのだとか。

森の入り口に、二十名ほどの集団があった。

『ココー？』

「間違いないと思う」

近づくと、鎖帷子《くさりかたびら》を着た四十歳くらいの男が怖い顔で接近してきた。

体は大きくて逞《たくま》しく、顔は少しエラが張っている。初対面なのに距離感が近く、俺は一歩距離を取った。

「お前がユウトだな」

「そうです。あなたは？」

「俺は試験官だ。そう呼んでくれればいい」

試験官様でしたか。彼はきつい口調で告げてくる。

「受験者は二十二名いるが、お前が二十二番目に到着した」

集合時間には遅れていない。むしろ、まだ二十分も余裕がある。他の人たちが早すぎる。

待たせたってことで、一応謝っておくのが角が立たないのかな。

「お待たせして、すみませんでした」

『スミマセンナ～』

ギンローが話すと、この場の人たちが一斉に注目してきた。試験官も表情が怒りから驚きのそれに変わっている。

「シルバーウルフだな？　かなりの知能だ。受付嬢からの推薦ランクがSなだけはある」

リンリンさん、良い感じに報告してくれていたようだ。

「そういうのあるんですね」

「試験官によっては重視する者もいるが、俺は全く気にしない。自惚《うぬぼ》れないことだ」

「了解です」

「わかればいい。では新人ども、これから試験の説明を始める！」

俺を含めたみんなが、試験官に注目した。

彼は、単刀直入に試験の内容を大声で告げる。

「アモズの森にいるアーマーオークの死体を持ってくること。制限時間は三時間だ」

意外にも普通だな、と俺は感じる。だが、他の受験者たちはまるで違う反応を見せた。

「アーマーオーク……クソ、最悪だ」

「今回は、ダメだな……」

なんだこの諦めムードは。魔物がよほど強いのだろうか？　驚く理由がわからない。

一人の受験者が質問をする。

「死体は、一部の持ち帰りでいいんですか？」

「ダメだ。バラバラでもいいが、頭、胴体、両腕両脚は必須だ」

オークは巨体を持つ豚の魔物。普通に重い。そのまま運ぶと大変だからバラすのはオーケーってことかな。

試験官はさらに、続ける。

「ルールは単純、他の受験者を殺してはいけない。あとオークは一人一体必要だからな。それ以外

は思う。
つまり、ターゲットの魔物を横取りしてもいいってことだよな？　早い者勝ちって認識でいいと
みんながザワつく。中には受験者同士で相談する者もいた。
なら、何でもありだ」

一応確認するため、俺は挙手をして質問する。

「三時間以内に死体を持ち帰れば、順位に関係なく合格ですか？」

「うむ、合格だ。無事持ってこられれば、な」

なにか含みがあるような言い方が気になる。っていうか、試験官が少し俺を挑発するようにニヤつく。

「ユウト、お前は非常に優秀だから、運が良ければアーマーオークを倒せるかもな」

「運が良ければ？　そんなにアーマーオークって強いんでしょうか」

「フッ、やってみればわかるよ。お前ならこの外れ試験も合格できるかも、な」

外れ試験？　なにか裏があるっぽいなー。ただ、あまり考える時間はない。

試験官が開始の合図を出したからだ。さあ、ここから一斉にオーク争奪戦が始まるのだろう。

「急ぐぞ、ギンロー。出し抜かれないようにしないと！」

俺はさっさと走り出す。他にも動きが速い人は何人かいて、併走する形でしばらく進む。

『ユウトー、チョットミテ！』

ギンローに呼び止められ、俺は走るのをやめる。早速敵を発見した——ってわけじゃなかった。

『ヒト、スクナーイ。イリグチ、アツマッテルヨ？』

「……確かに」

よく見れば、森の奥に走っていくのは俺を含めて三人だけ。残りの人は追ってこない。遠くにある森の入り口付近で、立ち止まったり木陰に隠れたりしている。

アーマーオークの場所がわからないのか？　いや、でもそれは俺も同じだ。入り口で待機して会える確率は相当低い。

「あんた、知らねーのかい？」

「はい？」

おっと、先に行ったと思った人が立ち止まってて、話しかけてくる。ロン毛で三十歳前後の男性で、弓を装備している。

「この森には、強個体が多い。知ってるかね」

「ええ、その話は知ってます」

「中でもアーマーオークがヤバい。強個体の中でも強いのばかり」

「Dランクなのに、難しいんですね……」

そう答えると、彼は意外そうな表情を浮かべる。

「知らなかったのか……。Dランク試験は三種類ある。で、今回のが一番難易度が高くて、一人合格者が出ればいいと言われている」

試験官が外れ試験って口にしていたのは、そういう意味ね……。俺は日が浅いから知らないだけで冒険者の間では有名なのかな。

さて、ここで俺もようやく気づいた。

「あの入り口で待ってる人たちは、初めから魔物と戦う気はないんですね」

「大正解。奴らはハイエナ戦法を取るつもりだ」

彼は呆《あき》れた様子だった。強いのと戦うより、疲れ切った冒険者から横取りする方が確率は高い
——そう考えたのだろう。

せこいけど、ルール上はなにも問題ない。

「あんた、収納スキルは？」

「一応あります」

「ヒュー！　さすがSランク評価者。もしよかったら、おれと組まないかい？　協力すりゃ、お互い合格率が上がる」

ここで懸念すべきは騙《だま》されないかってこと。

試験は死体が必要。そして俺は死体なら収納しておける。仮に騙されたとしても試験官の前で俺が出さなければ、彼も合格はできない。

今までの情報も正確そうだし、手を組むのもありかもな。

「アーマーオークの情報はありますか？」

「もちろん。交渉成立なら当然教える」

「わかりました、協力しましょう」

「そうこなくっちゃな！　おれは普段はソロ活動に徹している弓使いだ。ロイって呼んでくれ」

「ユウトです」

お互い、まずは能力などの自己紹介をする。彼は弓使いだが剣も扱え、ヒールも使えるらしい。

ソロプレイヤーなだけあってバランスが良い印象だ。

俺は剣を扱い、火水風土雷の魔法、また回復ではハイヒールを使えると伝える。

「マ……マジなの？」

「マジですね」

「すげえルーキーが、いたもんだ……。こりゃ、おれはラッキーだったよ。だが油断はしないでいこうぜ」

「はい。問題はオークをどうやって発見するかですね」

「そこは、おれに任せてほしい」

ロイはオークの生態に関する知識があり、行動パターンを把握しているとのこと。

実際に、この森でやり合ったこともあると。

移動しながら、そのときのことを教えてくれる。

「おれが戦ったのは子供だ。そんでも相当苦戦した。で、一応追い詰めたけど硬化系スキルを使われて勝機がゼロになった」

ロイは、アーマーオークの特徴を余すことなく話してくれる。

名前にあるよう、鎧《よろい》を纏《まと》ったみたいに硬い魔物。しかも、追い詰められるとより硬くなるスキルを発動すると。

そうなると、並の武器じゃ歯が立たなくなるようだ。そうなる前に、勝ちきる必要がある。

「——いたぞ」

俺たちは木陰に隠れる。森の中に流れる川の前で、二体のオークが戯れている。

顔は豚っぽいが二足歩行で皮膚は灰色だ。

意外にも身長は俺たちとあまり変わらないな。横にはデカイし、筋肉の発達は相当なものだが。

「あれは子供だ。川辺が大好きで、よく遊びに来る。けど油断はダメだ、子供に殺された冒険者を何人も知っている」

「問題は、親が来ているかどうかですね。ギンロー、なにか匂いは？」

『ウーン、ケモノノニオイ、ツヨスギー。ヨク、ワカラナーイ』

となると、近くで親が見守ってる可能性は捨てきれない。

時間的にはまだまだ余裕がある。少し隠れて様子を窺《うかが》うことにした。死体は成体じゃなくてもいい。子供を狙った方が安全ではある。

しかし、硬化する体質ね。

魔法でもそういうのはある。付与魔法に分類される。

「……取っておくか」

「なんか言ったかい？」

「いえ、なんでもありません」

付与魔法は、主に能力アップ系とダウン系を覚えていく。オンラインゲームでいうバフ、デバフだな。

バフが能力強化、デバフが能力弱体化だ。

付与魔法1では反射神経強化のバフ魔法を覚え、2になると筋力低下のデバフを覚える。

今回は成長を待ってられない。

付与魔法2を1200Pでゲットする。

フリーPは約2000Pあったので、問題ない。

付与魔法は、距離が遠すぎるとかからない。

近いほどいいが、二、三メートル以内ならいけるだろう。

「ロイ、オークって付与魔法入りやすいですかね？」

「ゴブリンやオークは、入りやすいぜ」

「筋力低下が使えるので、そろそろ攻めてみましょう」

「どんだけ、魔法使えるの……？」

きょとーん、として驚くロイ。羨《うらや》ましすぎる、と口にしてから弓を構えた。

「おれが撃ったら攻めてくれ。いいよな？」

「了解です」

ビュッ——

ロイが矢を放つ。腕は確かで、遊んでいたアーマーオークの側頭部に鏃《やじり》が刺さった。

俺とギンローが木陰から飛び出し、戸惑っている敵に襲いかかる。

「ガゥウ、ガルゥウウ！」

俊敏性に長《た》けるギンローが先に無事だった方のオークの首元に噛《か》みつく。

そこで俺は、頭に矢が刺さってフラフラしている方を狙う。

隙《すき》だらけだったので、喉元に剣を突き刺した。

アーマーオークは、子供でもタフのようだ。

首元に剣を刺しても、すぐに絶命はしない。もがく。

そこで俺は一度剣を引き抜いて、首をもう一度斬りつける。

アーマーオークが転倒したのと同時に頭に矢がもう一本刺さった。ロイが撃ってくれたんだな。

ここまですれば、さすがに死ぬらしい。

ギンローの方は――もう終わってたかー。急所に牙を立てて、速攻で始末していた。

「速いな、今回は俺の負けかな」

『ギンローカチ！　ウェーイ！』

その場でクルクル回って喜んでいる。パーリィピーポーみたいなテンションには、アラサー男はついていけないぜ！

アーマーオークの死体を収納する。二体とも問題なく収まったので帰ろうとして、ひどく焦った一声が響いた。

「ユウトッ、後ろだーッ」

「……え？」

地面に影が落ち、俺は背後を振り向く。子供と比較にならないサイズのアーマーオークがいる。

野太い腕が伸びてくる。

俺は咄嗟《とっさ》に下がった。指先が髪に触れるくらいで、ギリギリだった。危なっ。

四メートルくらいあるのかこいつ？

気配を消すのが上手《うま》すぎる。そして、オークは二体いる。

ツガイか、または子供のそれぞれの親なのか。今はどっちでも構わないな。

俺とギンローは息を合わせ、それぞれ別のオークを狙う。

ガキン！　剣を余裕で弾《はじ》かれて焦る。

「まさか、もう硬化された状態なのかよ……」

追い詰められてからじゃないのか。そう思ったが、こいつらからすれば十分その状態なのかもな。

子供がピンチっていうか死んじゃったわけだし。

「ヴヴヴヴゥウウウ！」

相当ご立腹だ。長い腕を使ったぶん回し攻撃を繰り出してくる。

素直な大振りなので躱《かわ》すことはできる。が、風は唸《うな》るし迫力が半端じゃないぜ。

一旦《いったん》背中を見せて逃げる。

「ヴヴォオオオッッ」

逃げるなーとでも叫んでるのだろう。追いかけてくる。

「悪いが、逃げたわけじゃない。巻き込まないようにしただけだ」

大切なギンローを。

俺は振り返ると同時に、爆炎矢《ばくえんや》をアーマーオークの顔面に撃ち込んだ。

爆発音がして、オークの動きが完全に止まる。

煙が立ち上り、やがて倒れ――ない。全然、倒れない。鼻をヒクヒクさせ、目は血走っている。

人間の俺にもわかる、あれは怒りの表情だとね。

ここまで攻撃が入らないなら、これ以上戦うのは危険かもしれない。

逃走の文字が脳裏をよぎる。

「――付与魔法は使ったのか!?」

そう声を張るロイのおかげで、まだ試していないことに気づく。

奇襲を受け、俺も相当動揺していたんだな。

頭から完全に抜けていたよ。

「試してみます！」

なるべく距離は近い方がいい。交互に振ってくる両拳をまずは喰《く》らわないようにする。

あちらも生物。体力が切れてきて、動きが鈍重になる。そこで一度近づき、付与魔法をかける。

前からそうなのだが、フリースキルで得ると、魔法は初めてでも楽に使える。

大事なのは魔力量があること。

使う種類を明確に意識すること。

追加で、イメージもあるといい。

……魔法は入ったのかな？

エフェクトがあるわけじゃないので、よくわからん。

試すつもりで剣を一振り。これで弾かれたら諦めて退散のつもりだったが、刃がちゃんと通った！

アーマーオークの皮膚から血が噴き出る。鋼《はがね》の筋肉が弱体化しているな。

「フヴォオオッ……」

次々に矢が飛来して、オークにダメージを重ねる。ロイの援助はありがたい。一気に攻めたいけど、正直飛び込むのは勇気がいる。

そこで魔法とナイフを使った投擲《とうてき》で地味に体力を削る。

相手が膝をついたところで、急所を斬って勝利を収める。

「ギンロー、平気か！」

もう一体を相手にしているのだ。

ピンチかと思いきや……オークがヘロヘロになっている。

いくら渾身《こんしん》の攻撃を出してもギンローが悉《ことごと》く避《よ》けるせいだ。

しかも、相手をぐるぐる回らせるように動く。

「……ッオ？」

ここでなんと、オークが目を回して倒れる。

平衡感覚を失っているうちに、付与魔法で弱らす。

俺の剣とギンローの爪で、無事トドメを刺した。

「狙ってやってた？」

『ウン！　カタイカラ、タオシテ、ジャクテンネラウ〜』

「優秀だなー。俺なんて、ちょっと焦っちゃったよ」

『ドンマイ、ソウイウコトモ、アルヨネ』

「ははっ、そう言ってもらえると助かる」

ギンローと戯れてると、ロイが全力疾走してくる。

「すげーじゃねーかっ。成体にまで勝っちまうとか、最強コンビなのかよ」

「アドバイスと援護射撃、助かりました。やっぱ焦ると、考えも吹き飛びますね」

「そりゃ、しょうがねえさ。デカいしな、こいつら」

そう、デカいってのは単純に恐怖心を抱かせる。

冒険者は、過酷な戦闘でも冷静でいた方がいい。

メンタル超大事ってことだな。どの職業にも通じることだけどさ。

ちなみに、四体で１０００Ｐ以上も入ったのは嬉《うれ》しい。

ロイによると素材はあまり売れないらしい。

「じゃあ、この二つの死体は放置して戻りますか。問題は入り口で待ち伏せしてる冒険者だな」

『ヒトノテキ、タタカウ？』

「やらなきゃ、かもな」

敵は二十人近くいる。一斉に相手取るのはリスクが高い。

なにか手を考えなきゃな。俺とギンローが歩き出すも、ロイは立ち止まったまま考え込んでいる。

ずっと、オークの死体を見つめていた。

「なにか、不自然な点でも？」

「おれ、煙玉って道具を持ってるんだ。そいつを使って冒険者どもを攪乱《かくらん》、その隙に逃げようと思ってた」

「煙玉の範囲によりますね」

「そう。あんまり広範囲には広がらない。最悪、回り道して試験官にたどり着く方法がいいかなって」

ただそれも完璧じゃない。回り道をすると、どうしても時間がかかる。今度は制限時間に間に合わなくなる可能性も。

しかし、彼は第三の選択肢を思いついたようだ。

「ユウト、お前と組んでマジでよかったわ。こいつ、有効利用しようぜ！」

嬉しそうに笑って、ロイは死んだオークを指さした。

……あ、そういうことかーっ！

◆◆◆　◆◆◆　◆◆◆

俺とロイは重たい死体を引きずり、森の入り口に向かう。

魔物の警戒はギンローに任せてある。

『ワォーン。ユウト、ダレカイルヨー』

入り口まで、あと百メートルってところで事件が起きる。

ワラワラと木陰から冒険者たちが出てきて、俺たちを囲んだのだ。

逃がさないという意思が見てとれる包囲。念入りに打ち合わせでもしていたのかね。その中の一人が言う。

「本当に倒すとは驚いたな。まあ、あんたならやってくれると信じてたけどさ。Sランク評価のユウトさん」

「これは俺たちが倒した魔物です。どいてもらえませんか」

「可哀想《かわいそう》だとは思うが、そうはいかない。魔物を置いていってくれ。そしたらお互い怪我《けが》をせずに済む」

これがハイエナ作戦ってわけだ。自分で努力せず、美味《おい》しい部分にだけありつく。

俺の住んでいた社会でもたまに見る光景だ。こういう奴らに限って出世したりするから困る。

でも彼の言うとおり、このまま争えば怪我は避けられない。

「てめえら……どこまで卑怯《ひきょう》なんだよ！　クソすぎんだろ、その戦い方はっ」

ロイがそう叫ぶけど、彼らは響いてないのか淡々と答える。

「そうだな、かっこよくはない。でも真面目にやるより成功率は高い」

「大体、死体は二つだけだぞ。どうやって全員合格するつもりだ！」

「全員合格なんて目指してない。奪った後、コイントスで二人を選ぶ。これなら公平だ」

そこまで、話し合いで決まっているわけか。それなら統率も乱れないよな。

奪った後は運任せ。人生は運が重要な要素ではあるのは俺も認めるけれど。

「……仕方ない。ここは譲りましょう、ロイ」

「オイオイ、マジで言ってんのか？」

「俺たちも体力は尽きている。この人数相手は、正直厳しい」

「………チッ。持ってけハイエナどもが」

吐き捨てるように言って、ロイは歩いていく。無論、死体はもう運んだりしない。

俺も死体を置く。名残惜しそうに見つめてから、ロイの背中を追った。

「悪いな、ユウトさん。恨まねえでくれよ」

「それは、難しいですね」

獲物は横取りする、でも恨むな。それは無理があるだろう。

ま、本当は恨んだりしないけどさ。

入り口に向かう途中、俺とロイは笑いを堪《こら》えるのに必死だった。

第六話　昇格と悪魔

無事、試験官のところまでついた俺は、収納スキルを使ってアーマーオークの死体を二つ出す。

「……驚いたな。二人も合格者が出るなんて」

試験官のおじさんが口元を押さえて驚く。単純にオークを倒したこともそうだが、俺たちに目立った傷がないことが珍しいようだ。

「他の冒険者に狙われなかったのか？」

「その辺は、適当にこなしました。俺とロイは合格ですよね」

「もちろんだ。時間もまだ十五分の余裕がある。……しかしユウト、お前は何者なんだ？」

「ただのEランク冒険者ですよ」

今日から、Dランクに昇格できそうだけどね。

少しすると、森からゾロゾロと冒険者たちが出てくる。

おそらく、コイントスで負けた人たちだろう。ふてくされた様子だ。試験官が発破をかける。

「なんだお前ら？　まだ時間はあるぞ、戻ってきてる場合かっ」

「いやいや、もう無理っしょ。また、次回の試験にかけますよ」

まあ、そうなるだろう。彼らは元々、この森のアーマーオークと真面目に戦うつもりはないんだから。

今回の勝者は、運の良かった二人と俺たち。四人になるんだろう。

と思ったのに、時間が経《た》っても死体を持った二人は現れない。

「時間だ、これで試験終了となる。まだ……二人帰ってきていないな」

試験官が捜しに森に入るので、俺たちもついていく。

するとと、意外な光景を目にする。

「ひー、ひぃー……なんで、こんなに重いんだよ」

「全然、動かねえ、クソ」

俺とロイは顔を見合わせ、吹き出してしまう。

コイントスに勝ったはいいものの、アーマーオークの死体が重すぎて運べなかったのだ。

これは予想外だった。

けどよく考えれば数百キロはあるし、新人冒険者ならまともに運べなくて当然なのかもしれない。

彼らは俺を見ると、泣きそうな顔で言う。

「ユウトさん、あんたよくこんなの涼しげに運んでたなぁ……」

身体能力と怪力スキルがあるからな。

俺が苦笑いしていると、代わりにギンローが説教してくれた。

『ズルシネーデ、モット、キタエロ！』

「「……」」

素晴らしいぞ、ギンロー。

場が沈黙に包まれた。ギンローに反論できる人はいない。

0歳の魔物に説教された気分はいかがですか、冒険者の皆さん！

現地解散だったので、俺はロイとギルドに帰る。

Dランク昇格の簡単な手続きを済ます。

リンリンさんは俺の合格をとても喜んでくれた。

Sランク評価した相手が落ちると、受付嬢の資質を問われるのだとか。

「おれはソロ専門だが、ユウトとならまた依頼を受けてもいいと思ったぜ。機会があったらよろしくな」

「こちらこそ、色々と助かりました。また縁があれば」

ロイさんとは熱い握手を交わしてから別れた。

実力も確かだし、性格的にも合うし、なにかあったらまたご一緒したいものだ。

『オナカ、ヘッタ……カエロー』

「ギンローもお疲れ様。今日はいっぱい食べてくれな」

『ヤターッ！』

今日も、だったかな。

ともあれ、俺も疲れたのでこの日はしっかりと休んだ。

俺は根っからの日本人気質なんだろうな。

お金には余裕が出てきたけど、毎日働いている。

会社員のときはもっとダラダラしたいと感じたけど、異世界に来てもあっちと同じか、それ以上に仕事している。

まあ、自分が強くなっていくのが楽しいってのは大きいかな。

◆◆◆　◆◆◆　◆◆◆

朝からジェシカ治癒院で怪我《けが》人を治す。

急患で魔物に胸を引き裂かれた冒険者も来た。

「今、魔法かけます！」

ハイヒールを使うと、みるみる傷が塞《ふさ》いでいく。致命傷だとさすがにここまで回復はしない。

「あんたは命の恩人だよ、先生」

「先生は、あちらです。俺は手伝いなので」

そう言ってジェシカさんに視線を送るが、彼の熱い視線は俺に注がれたままだ。

「いいや、俺にとっちゃあんたが先生だ。手伝いなんてやってないで、自分の医院を持ちなよ」

「いえ、俺はそういうのは向いてなくて」

開業すれば儲《もう》かるのかもしれないけど、一日中治癒院は精神的にきつい。今のバイトでの働き方が性に合っている。

もっとも、回復魔法5が6にアップしたらバイト辞めるのもありかと考えてはいるが。

回復魔法6で『リカバリー』という、体力回復と状態異常の治癒の両方ができる魔法を覚える。

そこまで上げたら、あとは他のスキルを上げる方に力を入れたいね。

Dランクからは遠征の依頼も増えるので、この治癒院にもこまめに通うのは難しくなる。

本日の仕事を終えると、ジェシカさんが悩ましげに話す。

「最近、私よりユウト君の方が人気あるのよねぇ」

「俺では、まだまだジェシカさんには及びませんよ」

「でも、明日には抜いてるかも……」

「まさかー」

俺は普通に笑うけど、ジェシカさんの顔は真剣そのものだ。

「貴方《あなた》は天才だと思うし、治癒院を開いてもやってけると思う。そこで相談なんだけど、院長をやってみない？」

さすがに目を見開く俺に、ジェシカさんは慌てて言い直す。

「ここのじゃないわよ。私、もう一つ治癒院を作ろうかと考えていたの。貴方が、そこの院長してくれないかなって」

そこまで俺のことを評価してくれていたなんて……。

少しウルッとするし、院長をやってもいいかなと思った。

だが、ここで流されるのはよくない。

院長ともなれば責任重大で、バイト感覚ではやれなくなる。俺はまだ色んな可能性を模索中だ。冒険者のほかにも錬金術でも稼げそうだし、そっちの店を持つという手もなくはない。

「とても光栄ではありますが……すみません。俺はやっぱり、メインは冒険者でいこうと考えています」

「……そっかぁ。そうよねー。貴方、そっちでも凄《すご》いやり手みたいだし」

「ええと、どこかで俺の話を？」

「患者がさっき教えてくれたわ。登録から最速でDランク試験を合格したって。しかも一番難しい試験だったって」

へえ、最速だったんだ。なんて他人事《ひとごと》のように感じてしまう。

昨日、ギルド内で有名になったのか。リンリンさん、そんなこと全然教えてくれなかったな。

ジェシカさんは、綺麗《きれい》な足を組み替えると、柔和な顔で告げる。

「貴方はSランクもいけそうね。その才能を引き留めるのは、私のエゴになる。もし辞めたくなったらいつでも言って」

「お気遣い、助かります。あと二週間前後は、勤めますので」

「もし将来、治癒院を開くことになったら、絶対に私にも教えてねえ。怪我したら通わせてもらうわ！」

「あはは、了解です」

そのときは、礼儀として真っ先にジェシカさんに伝えよう。

さあ次は冒険者の仕事だ！


——宿でギンローを拾おうとしたら、すでにいなかった。

どこに行ったんだ？　困っていると看板娘のアリナさんが急いで近寄ってきた。

「ユウトさん、ギンローなら暇だから魔物狩りに行くって言ってました。追ってこなくていいそうです」

「そうだったんですね。伝言、助かります」

「いえいえ。それにしてもギンローはすごく頭が良いですよね」

「日に日に賢くなってくんですよ」

「この前なんて、足し算してましたもの」

「えええええ!?」

さすがにビビる。しかも正解していたとアリナさんが教えてくれて、俺は驚愕《きょうがく》から感心に変わる。

自分で魔物を狩りに行く自主性も芽生えてきた。

本当に、一日一日成長しているんだな。

子供がこんな勢いで成長してくれたら、親はどんなに楽なことか。怖いのは、そのうち俺より頭が良くなることだ。

従魔に顎《あご》で使われる未来か……。

ブルブルッと頭を振って、強制的に思考をやめる。

俺は俺で、頑張るしかないよな。

気合いを入れ直して冒険者ギルドに足を向けた。

◆◆◆　◆◆◆　◆◆◆

ギルド内の空気がいつもと違う。

普段から活気はあるけど、今日はそれが顕著だ。

もしや、俺のDランクの件だろうか？

ドキドキしつつ室内を歩くが、誰一人として声をかけてこない。無論、注目もされていない。

これが自意識過剰ってやつだな。恥ずかしいぜ、ちくしょう！

冒険者たちが誰かに群がっているみたいだけど、混みすぎていてよくわからない。

どうにか受付のリンリンさんのところにたどり着く。

「なにかあったんですか？」

「大人気の冒険者がいるんですよー。男どもは女の顔と胸しか見てないことが、また証明されました。死ねばいいのに」

ひどく不機嫌だな。こういうときはあまり関わらない方がいいかも。

なにかDランクの依頼がないか尋ねる。今日からグレードアップしたのを受けられるのだ。

「先生！　来ていたんですねっ」

「ン？」

突然透き通る声音がして、金髪美人が男性たちの間から出てくる。

「ソフィアじゃないか。ギルドに来ていたんだな」

「はい、先生に会いたいなってずっと思ってたんですよ！」

屈託のない笑顔に癒やされるなー。

ほんわかとする俺とは違ってギルド内に妙な空気感が漂う。みんな敵対意識を向けている。リンリンさんも困惑している。

「ユ、ユウトさん……彼女と知り合いだったんですね。先生って、どういう意味ですか？」

「過去に、ソフィアに頼まれて剣の家庭教師を務めまして」

「ウゥッ、大型ルーキーにツバ付けるなんて、魔性の女にもほどがあるぅ……！」

ツバって……。でもおかげで混雑の理由がソフィアだったと理解した。後ろの男性たちが、嘆いたり俺に文句をブツブツ呟《つぶや》いているのが証拠だ。

ソフィアは後ろの人たちにハッキリ告げる。

「ごめんなさい、依頼の同行は必要ありません。自分一人でやるか、先生とご一緒させていただきますので」

「そうか……困ったことがあったら、いつでも頼ってくれよソフィアちゃん」

「いつでもウチのパーティに参加してくれて構わないからね」

男性が飛び抜けた美人に弱いのはどこの世界も一緒らしい。彼女は顔だけじゃなくスタイルも良く、気品があって、それでいて親しみやすさがある。そりゃモテるよな。

日本に来たら動画配信で億万長者になれそうだ。

みんなが解散した後、ソフィアは頭を下げてくる。

「ごめんなさい、ユウト先生。利用してしまう形になって」

「全然。俺でよければどんどん利用してくれていいぞ」

「先生って優しいですよね」

「そうでもないよ。そうだ、一緒に魔物退治でも行ってみようか？」

「いいんですか!?　ぜひご一緒させてください！」

ドーガさんにも娘を助けてやってくれと頼まれたしな。

「今ってFランク？」

「いえ、この間クリアしてEランクになりした」

「さすがだな」

「先生に剣を教えていただけたおかげですね」

ドンッッッ！

ここでリンリンさんが机を強く叩《たた》き、頬《ほお》をひくひくと動かしながら言う。

「目の前でイチャイチャされる、と、彼氏もいない女と、しては、ぐぉぁおああきゃいいい」

もはや言語にならない叫びである。リンリンさんは美人なのに、リア充感があんまりないよな。

頭をカリカリ掻《か》いて、少し落ち着きを取り戻したようだ。

「ユウトさんとソフィアさんって、お付き合いしてるんですかー？」

「付き合ってません！」

即座に否定するソフィアにちょいヘコむ。そこまで力を入れなくても。

「……私なんか、先生からしたら全然女性として見られていないと思います。この間まで、親に養ってもらっていて、まだ独り立ちもできていません。先生は外国から来て、色んな方法で生計を立てています。今の私にはとても真似できません」

「アー、ソンケイ、シテルンデスネー」

「はい！」

リンリンさんのやる気が、目に見えて消えていく。

ギンローっぽいカタコトになってしまっている。

俺は男としてNG食らったわけではないと知って少々ホッとする。あんな高速で否定されるほど、男として魅力ないのかと不安だったのだ。

話に区切りがついたところで、二人で依頼を探す。

だが、他の受付嬢の張り詰めた一声によって中断された。

「聞いてください皆さん！　マスターよりお話があります」

ザワつく室内。奥の部屋のドアが開いて、中から筋肉ムキムキの男性が出てきた。短く立った白髪で、頬には切り傷がある。

目つきがただ者じゃなくて、道ですれ違ったら思わず顔を下げてしまうほどイカつい。

「調子は悪くないよな、野郎ども」

ニッと笑ってそう声をかけると、冒険者たちが一斉に返事をする。

マスターは深く頷《うなず》いてから、表情を険しくした。

「今日は残念な知らせだ。このギルドから犯罪者を出しちまった」

ムードが一気に暗くなる。

自分の知り合いかもしれないので、当然か。

「犯人はテッド・ウェンブル。知っている者も多いだろうがBランク冒険者だ」

「嘘《うそ》だろぉ……」

「テッドさんって、あの流水のテッドさんだよな。なにかの間違いじゃないんですか」

「残念ながら、間違いじゃない。昨日の夜、通りで人を殺しているのを見た人がいる。さらに今朝方、民家に入って家族を皆殺しにしている」

異常だな。俺は猟奇的殺人には嫌悪感しか覚えない。

でもギルドの人たちは、感じ方が違うらしい。

「あの人がそんなことするわけない！　マスターだって知ってるはずだ」

「オレだってそう思うさ。恐らくだが……悪魔憑《つ》きだ」

皆言葉を失っているけど、納得はしているっぽいな。

俺はこっそりと、隣のソフィアに訊《き》く。

「あのさ、悪魔憑きってのは？」

「それはですね――」

悪魔憑き。

名前のとおり、悪魔による仕業のようだ。

悪魔は魔物のように強いだけじゃなく、非常に狡猾《こうかつ》な生物とのこと。魔物ほど数は多くないけど、この国にも強いのが複数いる。

悪魔、またはその眷属《けんぞく》は、人に取り憑いて正常じゃない状態にすることがある。一度取り憑かれると、自力で追い出すのは困難なのだとか。

「悪魔にせよ、その眷属にせよ、あのテッドが取り憑かれたんだ。最悪、ベルゼガスも覚悟しなきゃならねえ」

「ベルゼガスはこの国に長く棲《す》む悪魔で、悪魔八獄《あくまはちごく》の一つとされます。非常に厄介で、人間が長く苦しめられているんですよ」

そんなヤバい奴がフィラセムに来ているのか。本体じゃなくて眷属の可能性もあるが。

すでに領主には報告済みで、兵士が町中を捜索している。

ただ、マスター的にはどうしても自分たちで捕らえたい。

悪魔憑きとはいえ、犯罪者の所属ギルドには協力の義務がある。

「不運なことに、高ランクは皆遠征に出ちまっている。そこで、お前らとオレとでテッドを捜す。異存は？」

「ありません！」

「よーし。ただ相手はテッドだ。低ランクは無理をせず待機しろ。行きたいなら、絶対に複数人で動け。いいな」

「はい！」

「あと、ここにユウトってのはいるか？」

唐突に出てきたけど、ユウトなんて名前は俺しかいないよな。

手を挙げると、マスターは目を見つめてくる。

「お前は残れ。他の者は、テッド捜しに出ろ。どうしても悪魔を祓《はら》えない場合は——殺せ！　許可も出ている」

「殺させるもんかっ、殺させてたまるかよ！」

雄叫《おたけ》びをあげながら彼らはギルドを勢いよく出ていく。

テッドさんは、人望がある人なんだろうな。

みんなのどうにか助けたいって気持ちが言動に表れていた。

「こっち向け、ユウト」

「はい」

ドスのきいた声で、脅すように命令してくるマスター。

敵対心が強いな、という印象だ。

特に嫌われる覚えはないいんだけど。

「昨日、Dランク合格したばかりで、もう依頼を受けるつもりだったんだな」

「疲れは取れましたので」

「ほう。その言葉、ちょっと試させてくれ――」

俺は反射的に身構える。

攻めてこられたわけじゃない。威圧だ。

ドーガさんやソフィアも使うそれだが、この人のはレベルが違っていて、その闘争心が体の芯まで響いてくる。

脅し、だけでは終わらなかった。

マスターは両腕をめいっぱい広げ、襲いかかってきた。

俺は拳を固め、反撃の準備を整えた。

なぜギルドマスターは、俺を殺しにくるのか？

今はどうでもいい。襲ってくるのに黙ってやられるつもりはない。

俺は後退せずに、敢えて相手の懐に飛び込んだ。

マスターの両手が俺を捕まえるより、こっちのアッパーの方がわずかに早い。

「うぐ」

綺麗に入ってマスターの顔が天井を向く。けど彼の両手は……俺をちゃんと掴《つか》んでいた。

なんつー腕力だ。

俺も身体能力と怪力スキルはあるけど、それを上回っている。さすがマスターってところか。

もっとも、こんなことで降参はしない。少々汚いけど股間を蹴ろうとして――

「そこはさすがに勘弁してくれーっ」

拍子抜けするような威厳ない口調で、頼んでくるじゃないか。

俺も咄嗟《とっさ》に蹴り上げるのをやめた。

ギリギリセーフ……。

俺だけじゃなく、マスターもホッとした様子だ。

「いやー、登録から最速で難関Dランクを突破したというから気にはなっていたんだ！　やはりやる男だな、ガハハハ！」

さっきまでの敵愾心《てきがいしん》は完全に消え、マスターは朗らかに大笑いする。

「試すとはいえ、いきなり攻撃はちょっと……」

「悪い悪いっ。不意打ちにどの程度対応できるのかと気になって。だが、さすがだ。オレの威圧をものともせず反撃するとはな」

マスターは俺の肩をギュッと掴む。

「テッドを捜しに行ってくれるか」

「ええ、そのつもりです」

「あいつは水魔法を使う。赤髪で背丈はちょうどお前さんくらいだ」

「俺なら勝てると思いますか？」

「少なくとも、危なくなったら逃げることはできる。その高い身体能力と冷静な判断力があればな」

かなり俺を買ってくれているな。

捕まえれば特別報酬も出るというので、俺はソフィアに参加の意思があるか尋ねる。

「先生のお邪魔でなければ、参加させてください」

「よし、じゃあ行こう」

ギルドを出て少し進むと、俺はあることに気づく。

町の様子がいつもと同じなのだ。

行き交う人々は多く、誰も犯罪に怯《おび》えている様子はない。

「まだ、犯罪のことが広まってないのかもしれません」

「やっぱそうなのかな。結構危険だと思うが」

「でも変に家にこもられて、通りに人がいなくなるのも危険かもしれません」

「なるほど、一理あるな」

テッドが民家に侵入した際、外を歩いている人がいれば、悲鳴などを聞く人もいるだろう。

それに、日中の人が多い場所では、さすがに暴れないはずだ。

「いたかーっ」

「こっちにはいない！」

同じギルドの人たちとすれ違う。必死にテッドを捜している。

そもそも、まだテッドは町にいるのだろうか？

「ソフィアは、テッドが隠れるとしたらどこだと思う？」

「民家を襲ってそこに隠れるか、廃屋でしょうか。スラムの近くに、廃屋がいくつかある場所は知ってます」

俺たちはテッドの人となりを知らない。

当然あてもないので、廃屋を捜すことにした。

居住区の中の端に移動する。

木造の家が何軒か並ぶ。経年劣化が目立ち、木材が腐っている家もあった。

ちょっと、入るのに戸惑う。中に入ったら家が崩れたりしないよな？

「先生、行きましょう」

「あ、ああ、そうだね」

貴族の出なのに、ソフィアはあんまり抵抗がないみたいだ。凜《りん》としててかっこいいな。

日本のような温室育ちの俺の方がナヨナヨしている。気合い入れろ。

頬をパシパシ叩きながら廊下を進む。

「うおあっ！」

「どうしました!?」

うん、ごめん、気合い吹っ飛んだ。

俺は床を指さす。ゴキブリっぽい、赤黒い虫が床に集まっていたのだ。表面がテカテカしてるところまで似ている。

「病虫ですね。えい、えい、えい」

潰《つぶ》すの!?

ソフィアは大胆にも靴で虫を一匹残らず踏み潰す。

そのグロテスクな光景、そして彼女の大胆さに俺は口を開けっぱなしになる。

全滅させると、爽やかな笑顔を俺に向けてくる。殺しを終えたばかりの顔の表情とは思えませんな……。

「ソフィアって、貴族少女っぽくないよな。ああいや！　それは悪い意味じゃなくて！」

「ふふ、気を遣わずとも大丈夫ですよ。私は一般人の友人などもいるで、あまり貴族っぽくないのかもしれません。父がそういう人ですから」

確かに、ドーガさんは選民意識とか薄そうだ。どこの馬の骨かわからない俺にも敬意を払ってくれていた。

やはり、子は親に似るのかもしれない。

「この病虫は人が寝ている間に口から入り、内臓に卵を産みつけて、出ていきます。すると人は重い病気にかかります。死に至ることも多いんですよ」

「ゴキブリなんかより、よっぽど有害なんだな……」

「見つけたら、絶対に殺した方がいいんです。特に子供や赤ちゃんが被害にあいますから」

ソフィアが、靴の汚れも構わず潰した理由がわかった。

大人はともかく、赤ちゃんなんて抵抗できないもんな。

次発見したら、俺もやろう。気持ち悪がってる場合じゃない。

十六歳の少女が、こんなに頑張ってるのに。

「……いないな」

「ですねー。隣の家に行ってみましょうか」

この家に人はいなかった。最近、誰かが住んでいた形跡もない。

隣の廃屋に移る。

音は立てず、こっそりと室内を調べる。念のため、離れずに一緒に行動する。

――――ゴトッ。

なにかが落ちる音が微《かす》かに聞こえた。

聞き間違いかもしれないけど、悲鳴のようなものも。

「今、聞こえた？」

「え？　私はなにも聞こえませんでした」

俺には聴力スキルがあるので、普通の人は聞き逃すものでも聞こえたのかな。

「一度、外に出よう」

音は外からだったからだ。隣の二階建ての家に行こうとすると、玄関のドアが勢いよく開いた。

中から出てきた男が段差に足を引っかけて転ぶ。

「ふげっ!?」

「だ、大丈夫ですか」

駆け寄って起こしてあげる。

「あ、あ、あんた、さっきギルドにいたよな」

「はい、あなたも冒険者ですね？」

俺が訊くと、彼は何度も首を縦に振る。相当怖い目にあったのか、体が震えている。

「な、中に、いる。テッドが、中にいるんだ」

「この中に!?」

「一階リビングだ。仲間が数人で戦ってる。でも、やべえ。強すぎて二人斬られた。残り二人も、やられるかも……。おれは、報告のために、出てきて」

「わかりました。ギルドにマスターがいるので伝えてください」

「あんたは？」

「俺は中に入って、手助けします」

「無理だけはしないでくれよ」

彼は立ち上がり、再び走り出す。足取りはしっかりしているし、問題ないだろう。

町中には冒険者が多くいる。すれ違う際に伝えてくれれば、増援はすぐ来るはずだ。

「先生、行くのですね」

「ソフィアはここで待機してても構わないよ」

「いいえ、先生とご一緒させてください！」

「頼りにしてるよ」

俺たちは早足でリビングへ。ここは一番大きい廃屋で、ドアや壁も比較的しっかりしている。金持ちが住んでいたのかもな。

リビングのドアは開けっぱなしだった。

戦闘の音は聞こえない。

意を決して中に入ると、四人が倒れており、窓際に一人の男が佇《たたず》んでいた。

「少し虐《いじ》めてから、出ていこうと思ったんだけどなぁ。また来ちゃったかぁ。うざいなー、やっぱ一気にブチ殺すしかないか」

男は二十代半ばくらいの赤髪でレイピアを手にしている。

優男《やさおとこ》風だけど、口にする言葉は過激だ。

乗っ取った悪魔が言っているのか、おかしくなった本人か。

「先生、四人とも生きています」

「致命傷では、ないかもしれない。あれなら治せる」

治癒院でも、あれくらい何度も治している。

問題は、テッドに窓から出ていく気配がないこと。

俺たちを殺して、堂々と出ていくつもりのようだ。強気だな。

「私が彼の相手をします。先生は怪我人をお願いできますか」

「わかった、すぐに回復させる」

ソフィアが剣を片手に、テッドとの距離を詰める。

あちらはヘラヘラとして、余裕綽々《よゆうしゃくしゃく》だ。

「遊んで殺すのはやめたから、彼ら程度の傷じゃ済まないよ？　その綺麗なお顔が真っ赤に染まっちゃうよ？」

「そう簡単に勝てると思わないでください」

「いいいいいねえええええええええ！」

ソフィアとテッド、双方の剣閃《けんせん》が迸《ほとばし》る。ついに戦いが始まった。

この隙《すき》に、俺は倒れている冒険者たちの手当てに移った。

◆◆◆　◆◆◆　◆◆◆

倒れている冒険者たちの傷をハイヒールで治す。魔法をかけながら俺は疑問を覚える。

彼らの服が濡《ぬ》れている。床もそうだ。

テッドは水魔法が得意だと話していたから、ここで使ったのかもな。

「負けません！」

気炎を吐きながら、ソフィアがテッドに猛攻を仕掛ける。軽快な動き。剣の扱いも巧みだが、テッドも負けていない。

余裕の笑みを浮かべている。

「いい体してるねええええ。めちゃくちゃにしてやりたいよ。ほら！」

「——きゃあ!?」

伸ばした手先から水が噴射され、ソフィアはびしょ濡れになる。

俺はヒヤッとした。なにか、状態異常でも引き起こす水魔法だったらヤバい……。

しかしソフィアは苦しむ様子もなく、猛然と攻める。

ホッとしつつ、冒険者四人の傷を治し終えた。

「あ、ありが、とう」

「すぐ動くと傷が開く可能性があります。大人しくしててください」

冒険者たちには、部屋の隅に移動してもらう。

ここで俺は、ソフィアの異変に気づいた。

「ハァハァ……ハァハァハァハァ」

息が上がっている。動きも鈍い。

「そうか、それがテッドの狙いか」

水を吸った衣類は重くなる。

それが戦闘に影響を与えていたんだ。

「お嬢ちゃん、トロくなってるぞー？　ほらほらほらッ」

「あぁっ……」

また放水だ。それもさっきより強い。

放水圧力がかなり高いようで、ソフィアは壁際まで一気に押されてしまう。

消防車の放水並みか、それを上回るんじゃないだろうか。

俺は、斜め後ろからテッドに斬りかかる。

迅速に斜め上から剣を振る。ズバッ、と斬れればよかったのだが、そうはいかない。

「ふん」

軽く鼻を鳴らしながら、テッドは楽に躱《かわ》してみせた。

「君には、あまり興味はないけどなぁ。放っておいてくれよ」

「無理だな。殺人を重ねる奴を放っておくなんてできない」

「真面目だね。じゃ、口ほどにもあるかないか、試させてもらおっと」

剣戟《けんげき》が始まる。テッドは無造作に、適当に振ってるように見えるのに、一撃がかなり重い。

こちらも剣術は6だし、ずっと剣を使ってきているので、十分ついてはいける。むしろ、こっちが押しているな。

「クッ、なんだよ……結構やるじゃないか」

「お前はテッドなのか、悪魔なのか」

「さあね、どっちでしょ」

「ベルゼガスなのか。それとも手下か」

俺のこの質問に、テッドはぶち切れる。

「ベルゼガス——様だろうがっ」

ここからテッドが激しい勢いで剣を振りまくった。呼び捨てにしただけで、そこまで怒るとは。

取り憑いているのはベルゼガスではなく、忠実なシモベかもな。

怒りで威力は上がったが、動きは単調になる。

こうなると、こっちとしては非常にやりやすいね。

隙を狙ってもいいけど、ここはガソリン切れを狙う。

大振りになったので先読みして動くのは楽だ。

「クソクソ、なんで当たらない、なんでなんで」

「そんなんじゃ、ベルゼガスに叱《しか》られるぞ」

「だから黙れ！」

テッドの単純すぎる剣を受けつつ、腹に蹴りを入れておく。

おぐぅ……と小さく苦しみの声をあげながら後退したな。

俺はソフィアに視線を伸ばす。

「悪魔祓いに有効な方法を知ってるか？」

「取り憑かれた人は、体のどこかに悪魔の印があるはずです。そこに悪魔は潜んでいると言われます」

「つまり、そこを攻撃すればいいわけだな」

「そうです」

皮膚が見える位置にアザのような目立つものはない。

となると、服を破いて確認するしかないだろう。

一度、動きを止めたいな。

「ててて、ててて、てめえ……おれを本気で怒らせたな。もう知らねえぞ」

ブツブツと呟き、テッドは両手をこちらに伸ばす。俺も戦闘を重ねてきたおかげか多少の勘が働くようになっている。

嫌な予感がしたので、背後の窓に体当たりする形で外に飛び出した。

ゴォァオオオ――

直後、家の壁が破壊され、中から洪水のごとき水が大量に出てくる。

ソフィアや冒険者たちが流されてこなかったので俺は胸を撫《な》で下ろす。

とんでもない威力ではあるな。その辺に落ちた壁の残骸を見て、俺は素直に思った。

テッド本来の力か、悪魔がそれを増幅しているのか。

どっちにせよ、一つ大事なことがある。

さすがに魔力を使いすぎたようで、テッドが片膝をついて肩で息をしているってことだ。

俺は雷魔法を使って電気を飛ばす。

魔力調整して、かなり強めにしておいた。

「うぎぃいいいい!?」

疲弊した相手に当てるのは楽だった。

感電して、小刻みに震えたまま動けなくなるテッド。

俺は近づくと、素早く服を切って肌を調べる。

「これだよな」

俺たちの世界でいう梵字《ぼんじ》に似たものが皮膚に刻まれている。

色は黒くて、いかにも悪魔っぽい。

俺はここを試しに殴ってみる。

が、特に変化はない。

ここで隠れていたソフィアがアドバイスをくれる。

「先生、もっと強く攻撃しないとダメかもしれません」

「そうなのか」

じゃあ剣を使おう。

突き刺すのはさすがに無理だ。

テッドに影響が出る。

そこで×を描くように印を攻撃した。

赤い血が噴き出たと思うや、火事のときのような黒い煙が肉体からモクモクと立ち上る。

俺は一旦《いったん》離れて様子を窺《うかが》う。

煙が晴れると、そこには一体の目玉の魔物がいた。

直径三十センチくらいの目玉。その左右からコウモリのごとき翼が生えている。

パタパタと忙《せわ》しなく羽ばたかせ、そいつは叫ぶ。

「よくも、このおれを追い出したな！　ただじゃおかねえぞ！」

盗賊の三下かよ。

そうツッコミたくなる脅しに、俺は冷めた笑いを浮かべた。

目玉の悪魔の声は、やたら甲高くてとても脅しに使えるようなものじゃない。

実際、驚くほど迫力がなかった。

「お前が悪魔の正体か。拍子抜けだな」

「なんだと……人間、こうなったことを絶対後悔することになるぞ。ベルゼガス様の恐ろしさを、思い知ることになる」

人間の中に隠れ、コソコソ活動していたこの悪魔。戦闘に自信はないのか、偉そうなことを言いつつ俺からどんどん離れようとする。

「逃がすかっての！」

俺はナイフを収納スキルで出すと、投擲《とうてき》する。

「グエッ」

目玉の裏側にあっけなく刺さると、悪魔は墜落する。

地面でバタバタと見苦しく動き回るので、俺は足で踏みつける。

「いだい、いだい、だずけて」

「いやいや、さっきまでの威勢はどうしたんだよ。ベルゼガスがどうたら言ってたじゃないか」

「ずみまぜんゆるしてたすけて」

態度の変化が激しすぎだろ。でも悪いことばかりじゃない。

どうせなら、こいつのボスについての情報を得ておいた方がいい。

「剣をその目玉に刺されたくないよな？　だったらベルゼガスについて詳しく教えた方がいいぞ」

「…………」

「それが答えだな」

「まって！　はなずー、全部はなずから」

変わり身、というより裏切りが早すぎる。さすが悪魔、死んでも仲良くなりたくないね。その辺の魔物よりずっとタチが悪い。

目玉悪魔は、生きたい一心でペラペラと喋《しゃべ》り出す。

「ベルゼガス様、今、トラジストの町いる」

「なんのためだ？」

「人に取り憑くため……」

「取り憑く理由を教えろ。ベルゼガスも結局、単独では戦えないからそうするのか？」

悪魔八獄なんて大層な呼ばれ方をしているのに、それが不思議だったのだ。

「ちがう。おれはそうだが、ベルゼガス様は強い奴に取り憑いて悪さを働く。そんで、取り憑いた相手の力を吸い取る」

つまり本体も強いけれど、より強くなるために人間に取り憑くのか。それを繰り返して、トップクラスの悪魔になったのかもな。

結構厄介そうな相手だ。

「知ってること、全部話した。離して」

「ん、そうだな」

俺は踏んづけていた足を上げる。

解放された目玉はフラフラしながらも飛び上がる。

目線くらいの高さまで上がったところで、俺は火矢を撃つ。

「あづづづううううう!?」

燃えて、再び地面に落ちる。

炎に包まれながら、怨念《おんねん》たっぷりの目で睨《にら》んでくる。

「うぞづぎっ。うぞづぎ……」

「嘘はついてないぞ。俺は剣で刺されたいのかって言っただけだ」

「ひぎょぅ……ずるい……」

「お前がそれを言うのかよ。悪魔相手に卑怯もクソもないんだよ」

少なくとも、こいつのせいでテッドの人生は狂わされた。殺人事件に巻き込まれた人々もだ。

俺は焦げた悪魔を踏み、死んだことを確認する。

ソフィアや冒険者たちがこちらにやってくる。

「お見事でした！　向かうところ敵なしとは先生のことですね！」

「言いすぎだよ。こいつが弱かっただけさ」

「ご謙遜を。先生はやっぱり、常人とは違うなにかがあると思います」

「オレらもそう思うぜ。あんたは回復魔法も凄いし。才能の塊だ」

「もう、動いて大丈夫なんですか？」

冒険者たちは皮膚を見せ、傷はすっかり癒えたと笑顔を作る。

治癒院に来る人たちより、回復力が高いな。

やはり普段から鍛えている人々は体が丈夫なんだろう。

ここで、ゾロゾロと壁のない室内に入ってきた人々がいる。

ギルドメンバー、そしてマスターもいる。

「こいつは……テッド？　おい大丈夫か」

マスターは倒れているテッドに声をかけ、目を覚まさせる。

「おれは、一体」

「お前な……お前は、悪魔に取り憑かれちまってたんだよ」

「……え？」

テッドは顔面蒼白《そうはく》になる。記憶がないんだろうな。

マスターが事情を説明すると、全身が震え出した。

正直、気の毒でしょうがない。

すっかり落ち込んだ彼だが、俺の元まで気力を振り絞って近づいてくる。

「あんたが、助けてくれたんだな。本当に、本当に感謝するよ」

「いえ、当然のことをしたまでです」

「当然のこと、か。あんたと一緒のギルドに所属できて、本当によかったよ」

彼は、俺の手を握って最後にもう一度礼を言うと、マスターに連れられて廃屋を出ていった。

ソフィアが悲しそうに話す。

「これから裁判にかけられるんです。悪魔憑きの場合、とても判定が難しいのですけど、有罪になることもあります」

そうしないと、被害者の家族などの心に折り合いがつかないこともあるからと。

今回のケースはどうなるのだろう。

個人的には、彼には冒険者として活躍してほしいな。

「悪いのはテッドじゃない。悪魔だな」

「仰《おっしゃ》るとおりです。私も、先生のように強くなりたいです。いえ、なります」

「一緒に頑張ろう」

「はいっ」

しかし、ベルゼガスか。悪魔は魔物より厄介そうで困るな。

……おっと、ここで俺はふと思う。

悪魔はどの程度フリーPが入るのだろう――1200Pだと!?

かなりの高ポイントに驚かされた。

目玉悪魔自体は、あんなに雑魚だったのに。

ってことは、もっと強い悪魔……それこそベルゼガスなんて倒したら大量のPが入るのかもしれないな。

今すぐ倒しに行く気はないけど、積極的に悪魔を狩るのもありだろう。

さて、今日は解散ということなので、俺は宿に戻った。

出迎えてくれたのは、ご機嫌なギンローだった。

「おお、戻ってきてたんだな」

『ユウトー、ミテミテー』

「えええええっ!?」

よく見たら、一階の食事場所に猪《いのしし》の魔物が五体ほどいるじゃないか。

普通の猪よりずっとデカく、凶暴なのに……。

自分の食料は、自分で狩りたかったのかな。

「この数、どうやって運んだ？」

『チマチマ、イッタイズツ、ハコンダ～』

「そりゃ大変だったなぁ。その場で食べてもよかったんじゃないか」

『リョウリシテ、モライタカッタ。アト、ユウトー、タベロー？』

「あはは、俺にもおごってくれるのかよ。嬉《うれ》しいな」

「ユウトさん、ギンロー、お料理は任せてくださいね」

アリナさんが、お父さんと協力して美味《おい》しい料理を作ってくれるようだ。

ただ、数が多い。

「よかったら、俺も手伝いますよ。それにこの数です、夕食のメニューにして、他のお客さんにも振る舞ってはどうです？」

「いいんですか？」

ギンローを確認すると、首をブンブンと縦に振る。仕草が愛らしいので頭を撫でる。

「ええ、ぜひ使ってください」

「だからユウトさん、大好きです！」

『ギンローモ！　ユウトスキッ』

おっと、ダブルで好意を伝えられた。

俺は頭を掻《か》いて、照れているのを隠す。

他の手が空いている客も手伝ってくれたので、夕食までにちゃんと猪の料理が出来上がった。

普通の猪肉よりずっと美味しく、他の客も大いに喜んでくれた。

『スピー、スピピー……』

誰よりも多く肉を食べたギンローは、気分良さそうに眠りに落ちている。

「お疲れさん。明日は一緒に行動しような」

俺はギンローを抱っこして、部屋まで戻るのだった。

第七話　特別依頼

昨日は無事悪魔も倒したことだし、今日はギンローと一緒に行動することにした。

ただ、一応ギルドに顔を出さなきゃいけないので、朝食後に向かう。

『ユウトー、キノウ、ナニヤッテタ？』

「ソフィアと一緒に悪魔倒してたんだよ」

『アクマ？』

「すごく悪い奴らさ。今後、戦うこともあるかもしれない。そのときは頑張ろうな」

『オー！』

「わっ、馬鹿！　町中じゃダメだぞ！」

興奮したギンローがフリーズブレスを吐いたのだ。人通りが少なかったので特に問題はなかったけど、ヒヤヒヤさせられる。氷属性だけに……。

しかし、ギンローは氷属性以外にも適性があるんだろうか？　伝説級の魔物のようだし、俺がちゃんと育成してやりたいもんだ。

ギルドに到着、中に入るなり、俺に賞賛の声が四方八方からかかる。

「先生、おはようございます。昨日は凄《すご》かったですね！」

「アニキー、大活躍だったみたいですね！」

「あんたがテッドを正気に戻してくれたんだな。ありがとよ」

いえいえ大したことしていませんよ。そう告げると、みんなが「それはない！」とツッコんだ。日本人的謙遜なんだけど、こっちではあんまりやる人いないからな。

奥にいるマスターのところに行くと、まず相当な額の報奨金をいただく。日本での感覚なら五百万相当になるだろう。

「領主様からだ」

「こんなにいただけるんですね」

「安いくらいだ。お前は悪魔に取り憑《つ》かれたテッドを助けたんだからな」

「……テッドさんは、どうなりそうですか？」

マスターは腕を組み、少しのあいだ黙った。

状況は悪いのかな……と俺は残念に思ったが、その瞬間に彼は口元を緩ませた。

「ああ悪い、勘違いさせたな。そう悪くない結果になりそうだ。ただ本人が罪悪感に苦しんでいてな。そこが可哀想《かわいそう》で。――それはそうと、そっちの従魔だが」

『ナンダー？　ギンローニ、ヨウアル？』

首をかしげるギンローを見て、マスターが目を眇《すが》める。

「まさかとは思うが、マーナガルムか？」

ギグリ、と俺は効果音が出そうなほど焦る。それを目にしたマスターは手を伸ばして笑う。

「いやいいんだ。言いたくないならな。だが、仮にそうなら凄いことだ。マーナガルムはその辺の狼《おおかみ》とは違う。昔、知り合いの従魔師に聞いた話だと、体が熱くなるもん食べると炎を吐けるらしい」

「へぇ」

「上手《うま》く育てろよ。あと、少し休んだらまた依頼頼むぜ」

「はい」

俺はそう返事し、ギルドのみんなと談笑する。

数十分も話すと、それぞれ依頼に出ていったので俺たちもギルドを後にした。

「体が熱くなるものね……。熱々の鍋とか？」

『カライノハ？』

「あぁ、それもあるなぁ」

『タベタイナ～、タベテ、ミタイナ～』

朝食から大して時間も経《た》ってないというのに、さすがギンローだよ。

要望に応えるため、町中を見て回る。

露店には、なかなか辛さをウリにしているお店は少ない。

そこで町に詳しそうな中年男性に聞いてみた。

「あそこ、激辛あるぞ。食い切れたら無料になる」

「それは嬉《うれ》しいですね！」

「ただし、食い切れなかったら倍の値段払わなきゃいけないけどな」

日本でも、たまにそういうお店あるよな。

制限時間以内に大盛りを食べるやつ。

教えてもらったお店にギンローと入る。

普通の定食屋で、まだ十時ということもあって空いている。

白髪のまじった店長さんが言う。

「いらっしゃい。なに食べる？」

「激辛料理にチャレンジしたいのですが」

「……ほう。そんな優男《やさおとこ》みたいな顔して、ウチの店とやりあうと？」

「あ、俺じゃなくてこっちの従魔なんですが」

「魔物だって、うちの辛さは耐えられねえぞ。……まあいいさ、食えなかったら料金は倍だがいいか？」

値段を確認すると、だいぶ高い。

日本の感覚で言えば、一万円くらいになるんじゃないだろうか。

食えなかったら、それが倍になる。

とはいえ、ギンローへの投資だと考えればなにも痛くはないさ。俺は迷いなく注文しようとして
——別の客が入ってきた。

「オヤジ、いつもの激辛頼む。チャレンジじゃなく、普通に金を払う」

「おおアンタか、いつもありがとよ」

店主と顔見知りらしい若い男が、真っ赤な毛をした狼の魔物と一緒に入ってきた。

従魔なのだろうけど、毛が赤いのは珍しいな。彼はギンローを見るなり、俺に話しかけてくる。

「シルバーウルフか？」

「そんなところですね」

「オレの従魔もウルフ系だ。仲良くしたいところだが……」

『グゥ、グゥウウウ』

赤い毛の狼は、ギンローをめちゃくちゃ威嚇している。魔物の中でも近い存在のはずなんだけどな。店主が思い出したように話す。

「そうそう、このお客さんの従魔が激辛にチャレンジするんだよ。あんたのレッドウルフと似てるのかもな」

『キミモ、カライノ、クウ？』

ギンローがレッドウルフに訊《き》くが、相手は唸《うな》るばかりだ。おそらく言語を話せないのだろう。それは男の反応からもわかる。

「は、話せるのか……。まだ小さいように思えるが」

「なかなか賢い魔物なんですよ」

この言葉、よろしくなかった。男の闘争心に火がついたようで、いきなり勝負を申し込んできたのだ。

「オレの魔物も辛いものが好きでな。ここのチャレンジをクリアしすぎて、今では無料じゃ食えなくなったほどさ」

ああ、だからさっき金を払うって言ってたんだ。

「お前の従魔とオレの従魔。早食い勝負させてみないか？」

「でもギンローは、今日が初めてですし」

『ダイジョウブダヨー。ハヤク、タベル。ギンローノ、カチ。デショ？』

「従魔は勇気があるようだ。どうする主人？」

ギンローも乗り気だし、ここは挑発に乗ってみるのも悪くないか。負けたからって特に罰はないみたいだし。

勝負に応じると主人が料理を作りに取りかかる。

待っている間、俺は彼に従魔自慢をされる。レッドウルフは熱に強く、炎の中でも長く耐えられるのだとか。

毛なども燃えにくいうえ、火を吐くことも可能だと。そこは羨《うらや》ましい。

「おまたせい！」

店主が深い器に入れて持ってきた料理は、見るだけで胃が痛くなりそうなものだった。

スープの中に肉や野菜が多く入っているのだが、そのスープが真っ赤なのだ。

超激辛ラーメンの麺抜きを想像してもらえばいい。

ついでに唐辛子が何個も浮いてるっていうね……。

湯気も立っており、俺なら一口で舌がやられそうだ。

「ふふ、ビビったようだな。これを早く食い切った方が勝ちだ」

「いや、さすがにこれは……」

「逃げるのか？」

『ニゲネーヨ！　ギンロー、ユウトハ、イツモカッ』

俺の代わりに啖呵《たんか》切ってくれたのは嬉しいけど、本当に大丈夫だろうか。

俺の心配をよそに、店主が合図を出してしまう。

「さあ、頑張って食ってくれ！」

ギンローとレッドウルフが同時に器に顔を近づけ、舌を使って熱々スープを舐《な》める。

『ヒッ!?』

予想以上の辛さだったのか、ギンローの背中の毛が逆立つ。

「無理するなよ。ギブアップしたっていいんだからな」

『ダ、ダイジョウブ。チョット、オドロイタダケ』

レッドウルフに負けないよう、ペロペロと頑張るギンローが心配だ。一方、あちらは慣れてるだけあってハイペース。

……勝負は負けかな。

だが、ギンローの体が一番大事だ。いくら成長が早いとはいえ、まだ生まれて間もない。無理だけはさせたくない。

「ん？」「あん？」「お？」

俺、男、店主が間の抜けた声を出すのは、ギンローのペースが徐々に上がっていくからだ。

『カライ。デモウマーイ！』

ハイテンションで、レッドウルフを圧倒する速度を出す。しかも舐めるのはまどろっこしいとばかりにスープに口をツッコむ。

ガブガブと野菜や肉を食べる。

『ウッ。ユウトォ……シニソウ』

「そりゃそうだって！　無理しなくて――」

『ナホド、ウマイデス！』

辛いのなんてへっちゃらだい、とばかりに肉も野菜もスープも食べ尽くすギンロー。

結局、俺の心配をよそに圧勝してしまう。

「なん、なの、お前の従魔？」

『クゥン……クゥン……』

男が驚愕《きょうがく》し、レッドウルフが子犬のように鳴く。

「ええと、これが、ギンローっていう生き物です」

『オイシカッタ！』

ギンローの中では途中から勝負なんてどうでもよくなってたんだろうね。

食べ切ったということで、料金はタダになった。

店を出て歩いていると、ギンローの様子が変だと気づく。咳《せき》をしているんだ。

「やっぱ一気に食いすぎたんじゃないか。ヒールかけてみようか？」

『ウゥン……ナンカ、デソウ』

「出そう？」

『フイテ、イイ？』

「あっ！　やるなら上向いてなっ」

もしや、と感じた俺は咄嗟《とっさ》にギンローの顔を空に向けた。

――ボォオオオオ！

勢いの激しい炎がギンローの口から吐かれる。俺は肌に熱を感じながら、マスターの話は真実だったのだと思った。

『ヒ、ハケターッ』

「本当に便利な体してるな、お前は」

『マタ、アレタベタイ！』

「わかったよ、定期的に食べようか」

次からは有料だろうけど、お腹いっぱい食べさせてあげよう。

◆◆◆　◆◆◆　◆◆◆

町を出て一番近い山の中で、俺は黒焦げになった猪《いのしし》の魔物を見つめる。

ちょっと燃やしすぎじゃないかなー。これじゃ食べづらいんじゃないかと思うが、ギンローはお構いなしにガツガツといく。オイヒーとかオイピーなどと言いながら。

昨日、せっかくファイアブレスを覚えたってことで魔物を相手に使ってみようとなったのだ。

その有用性については、この黒焦げになった魔物を見れば明らかだろう。

日々進化していくギンローが頼もしいね。

俺も方も、フリーPは５０００以上あるけど、焦って使わずに貯《た》めておくのも悪くないだろう。

『ケプッ。フゥウ……』

可愛《かわい》らしいゲップをしてギンローがため息をつく。やはり焦げ肉は美味《おい》しくはなかったようで。

頭を撫《な》でてやると、ゴロンと腹を上に向けて嬉しそうにする。完全に犬じゃないか。本当に伝説の魔物なのか怪しいもんだ。可愛いからいいけど。

『ダッコ。ハコンデ』

「ここ魔物も出るんだけどなー」

『ニオイ、ダイジョブー』

鼻がきくから問題ないってことらしい。しょうがないので抱っこして町に戻る。今朝ギルドマスターの遣いが宿に来て、何時でもいいから今日中に来てくれと言伝《ことづて》があった。

さて、案の定、門番の兵士にからかわれた。

ついに赤ちゃんができたのかい？　だとさ。赤ちゃんどころか結婚もまだなんですよ。

「地球でも独身だったしな。結婚なんて一生縁がなささそうだ」

『ギンロート、ケッコンスルカ？』

「あはは！　俺はそっちの気はないからギンローとは無理だな」

『ジャー、ソフィアー？』

何でソフィアが出てくる？　俺が驚いていると、さらに鼓動が速まる出来事が起きる。

噂《うわさ》の彼女が、メインストリートを駆けてくるじゃないか。

「先生っ！　捜してたんですよ～」

「や、やあ。なにか問題でも起きたのかな？」

彼女は明るい表情を崩さないまま、首を振る。

「そういうわけじゃないんです。ちょっとお話ししたいことがありまして」

『コッチモ。ユウトー、ソフィアトケッコン――モゴゴ!?』

俺はギンローの口を手で上下から押さえつけ、一切言葉を発せないようにした。

不思議そうに首をかしげるソフィアに、さっきの話を続けるよう促す。

「隣町の話なんですけど、従魔コンテストが開催される時期なんです。賞品も豪華ですし、先生も参加してみたらどうかなーなんて」

「ちょっと興味あるな」

ソフィアの説明だとこうだ。貴族が開催しており参加者も貴族が多いが、平民も参加できる。

優勝賞品は貴重な魔道具と高額のお金。

競技内容は従魔の美しさ、賢さ、強さなどで競われる。

ギンローならば十分に勝機はあると彼女は話す。

「出る気ある？」

『アル！』

好奇心旺盛だもん、そうくるよな。まあ軽い旅をするのも悪くない。他の人の従魔も見たいので参加の方向で意思を固める。

「ええと、ソフィアはどうする？　やっぱり冒険者忙しい？」

「いえ、先生とギンローさえよければ私もついていきたいです……案内できますし！」

「おお、心強い。よろしく頼むよ」

やった、とガッツポーズを取るソフィア。

明日出発すればコンテストに参加できるっぽいので、待ち合わせの約束をして俺とギンローはギルドに向かった。

中に入ると、酒を嗜《たしな》んでいたマスターに呼ばれる。

「よう、ユウト！　こっち来て一緒に飲まねえか？」

「いえ、昼から酒は……」

『ノンダクレ！　ダメナヤツ！』

これこれ、やめなさい。確かに世間一般ではそうなんだけども。マスターも気にした様子はなく、むしろ爆笑してギンローの頭をワシャワシャと撫でる。

「んじゃ、本題に入ろうかね。お前さんを呼んだ理由だが、実は他の町から冒険者要請がかかっていてな」

あれか。町の冒険者だけで手に負えない事件があったときなど、他のギルドに助っ人を求めるやつだ。

「もしかして、俺を送る的な感じですか？」

「お前とAランクのパーティを一つ送ろうと思う」

「ありがたいお話ですが、明日から隣町の従魔コンテストに参加する予定で……」

「アニラスだな？　依頼が来ているのもその町だぞ」

「そうでしたか」

それならと詳細を尋ねる。まず依頼内容は盗賊の討伐。いつ討伐に出るかはあちらのギルド次第だが、恐らく来週になるだろうと。

「従魔コンテストは貴族が開く催しだ。ギルド側もそこは配慮するだろう」

「しかし盗賊は、そんなに強いんですか？」

「相手側に特殊なスキル持ちがいるらしい。対応できる奴が必要で、そいつがウチにいたんでな」

Aランクパーティの中にいるってことか。

俺は戦闘要員なので、ギンローとなるだけ多くの山賊を倒せとのこと。

報酬は高く、山賊の持ち物も良いものをもらえるというのでは断る理由はないな。

「お受けします。ただソフィアも一緒に連れていっていいですか？」

「構わんよ。お前のパーティメンバー扱いになる。Aランクの『影の足音』は今の依頼が済み次第行く。あちらで合流してくれ。馬車もこちらで用意しよう」

「ご配慮感謝いたします」

「いずれSランクになれる逸材のお前さんを無下に扱うわけにゃいかん」

褒めすぎですよ。

明日に備え、今日は依頼を受けないで帰ることにした。

一晩明け、門でソフィアと合流する。盗賊の件を話したら、ぜひ参加したいと言う。

マスターの用意した御者に挨拶をして馬車に乗り込む。

「ドキドキしますねー。ギンローならきっと優勝できますよ」

「そう上手くいくかな。参加するのは訓練を積んだ貴族たちなんだろう？」

「先生とギンローなら絶対いけます！　私は従魔が好きで色々見てきましたけど、こんなに賢い従魔はいません」

まあギンローならやってくれるかな。

しばらく馬車に揺られていると、ふとソフィアの横顔が気になった。何か思い詰めているようなのだ。

「悩み事でもあるのか？　俺でよかったら相談に乗るよ」

「先生……私って魔法がほとんど使えないので、どうしても戦闘の幅がないんです。今回の山賊討伐でも足を引っ張らないか不安で……」

「ソフィアの身軽さと剣捌《さば》きなら十分通じるとは思うが」

確かに相手が狡猾《こうかつ》で距離を取るタイプなどだと手こずるだろうな。

ソフィアは、どうも俺やギンローとパーティを組みたいっぽいな。美人だし性格もいいし、俺としても一緒に行動するのは嬉しいくらいだ。

「魔道具で身を固めるってのも一つの手じゃないかな」

「それです！　さすが先生っ、私は魔法を覚えることで頭がいっぱいでした。でも確かに、向いてない人が頑張るよりそっちの方がいいですね」

「剣の才があるんだし、努力はそちらにあてた方がいいよな。魔道具についてはさ、俺が作ることもできるんだ」

錬金術のスキルと知識が多少あることを伝えると、ソフィアは立ち上がって喜ぶ。

「先生って本当に凄いですね……！　私にもできることあったら、いつでも言ってくださいね？」

『ジャー、カラダデ！　ハラッテ！』

「どこで覚えたギンロー!?」

『ヤド？』

あー、あそこに泊まってる人たち、結構下品な話が好きだもんな。

冗談にして笑えればよかったんだけど、ソフィアが顔を真っ赤にして戸惑っている。

「気にしないでくれよ。ギンローのジョークだからさ」

「……せ、先生さえ、よければ……払う所存、です」

「んん？」

「やっ、変な意味じゃなくて！　すごくお世話になったのに、先生の役に立てないのがつらくて」

「気持ちはありがとう。じゃあ、もし魔物が出たら倒してもらおうかな」

なんて言ってたら、馬車が止まって御者が助けを求めてきた。

闘牛系の魔物が数体現れたようだ。

「先生はここで休んでいてくださいねっ」

ウインクして、ソフィアは意気揚々と出ていく。

ギンローも続いて飛び出したから、ここは甘えさせてもらおう。

それにしても……マジで可愛いから困る。

◆◆◆

隣町のアニラスは一日も走らせれば着く。

明日の午前には到着する予定だ。

この辺は強い魔物はいないけど、夜に活動するのが多いというから、今日は近くの村に泊まる。

夕暮れ頃に村に入って、宿泊の手続きをする。

ギンローも一緒に泊まって問題ないとのこと。

「ただですね、部屋が一つしか空きがないんです」

「私は何も問題ありません！」

『カラダデ――ギャフン!?』

変なことを口走りそうなギンローに軽くゲンコツを落としておく。

部屋に行くとベッドが二つ並んでいたので、心持ち離しておく。

まあ、ギンローを間に挟めば変なことにはならないだろ。

まだ日が完全に暮れてはいないので、みんなで村の中を見て回る。

長閑《のどか》な農村だな。村の周りは木の柵で囲んである。

これで魔物の侵入を防げるわけじゃないが、柵が壊れる音で存在を把握するためだろう。

『ユウトー、ケンカシテル？』

ギンローの視線の先、村の広場には大勢の人が集まっている。ケンカっていうより、話し合いに見えるけどな。

だが近寄ってみると、正しいのはギンローだったと判明する。

「いい加減にしろっ！　ケラドさんのせいで、どれだけ俺たちが苦労していると思ってる！　早くあの玉を捨ててくれっ」

「そうだ、それが嫌なら出てってくれよ」

村人たちの怒りの矛先は、ケラドという人物に向けられている。

立派な顎髭《あごひげ》をはやした五十前後の男性だ。村人と比べても明らかにガタイがよく、腰には立派な剣を携えている。

「あのなぁ、この村が大猪に襲われてたとき、助けてやったのは誰だと思ってやがる？」

「そりゃあのときのことは……感謝してる。だから野菜や食べ物も与えているだろ」

「そんなら、俺の装飾品集めにも口出さねえでほしいもんだ」

「普通は出さない。けどあの魔吸の玉だけはいけねえよ！　あれは魔物を引き寄せるんだから」

そんなものがあるのか……。恩はあるみたいだが、そりゃ村人たちだって怒るよな。

でもケラドって人は悪びれた様子もなく言い放つ。

「別に俺が毎度倒してるだろうが」

「対応しきれないこともあるだろう!?　この間だって、子供が怪我《けが》をしたじゃないか」

「死んでねえし、別にいいだろうが」

「次は死ぬかもしれないだろッ」

「カスどもが、うるせえんだよ！」

イライラが沸点に達したらしく、ケラドは剣を抜いて村人たちを威嚇する。

多勢でも歯が立たないのだろう。蜘蛛《くも》の子を散らすように村人は逃げ出した。

ケラドはツバを吐き捨て、なぜか俺たちの方に歩いてくる。

「冒険者かい？　うちの村に来てボケッとつっ立っていられるとイラつくんだが」

彼が俺の胸ぐらをグイッと掴《つか》みあげる。

「その手を離しなさい」

『グゥウ……』

途端、左右からソフィアとギンローが威嚇する。

ケラドは場数を踏んでいるのか、動じずに俺を睨《にら》む。

「女と犬に守ってもらうご主人かぁ。カッコイイね、兄ちゃん」

「俺も聖人じゃないんで。挑発に乗ってあげてもいいですよ」

「いいねいいねえ。サシでやろうぜ」

俺はソフィアとギンローを落ち着かせ、ケラドと一定の距離を取る。

それに反し、ケラドは少しでも距離を短くしようとしている。

近接戦がお望みか。魔法や特殊スキルはないのかもな。

「安心しな兄ちゃん。その勇気にめんじて殺さないでおく」

上段に構え、猛進してくるケラド。おっさんだし、もうちょっと策を噛《か》ませてくると思ったんだがね。

まあ俺を下と見てのことだろう。随分舐められてるな。馬鹿正直に打ち合ってやる義理はない。

ここは魔法を駆使しよう。

ケラドの進行上に土の壁を出現させる。

「グエッ!?」

正面からぶつかったケラドが奇声をあげる。本来は防御として使う魔法だけど、こういう使い方も悪くないいな。

「痛ってぇなクソ……」

もう完全に隙《すき》だらけじゃないか。俺は楽にそばまで移動する。

相手がギョッとして動き出そうとしたその瞬間を狙って、電撃を指先から放つ。雷魔法だ。

威力は弱く、飛距離もせいぜい数メートル。でもここからなら外さないよな。

「ひぎぅ!?」

感電して動きが鈍くなる。が、さすがに人生経験豊富なだけはあって、ここで倒れたら負けだと理解している。

辛さを我慢して起き上がり、殴りかかってきた。

「ハッ！」

俺はカウンターを決める。右のクロスをケラドの頬《ほお》に叩《たた》き込んだのだ。

相手は白目を剥《む》き、崩れるように地面に倒れた。

「感電で剣を握れなかったのは残念だったな」

気絶してるし、聞こえてないかな。

ちなみに、ケラドの前歯はほとんど折れて歯なしの状態だ。八割くらいの感覚だったんだけど……怪力スキルが悪さをしたようだ。

「先生強すぎですっ！」

『カンタンダッタネ～』

喜ぶソフィアとギンローと戯れていると、逃げたはずの村人がチラホラと戻ってきて驚嘆している。

「あの人凄い……」

「ケラドって、元冒険者だったよな？」

「Cランクだったはずだ。それをあっさりと……」

「世の中には、恐ろしい人がいたもんだ」

気恥ずかしくなってきたので俺はさっさと宿屋に避難する。

宿の料理が妙に豪華で、主人も愛想良かったな。

ケラドの件と無関係ではないはずだ。

夜、隣のベッドにソフィアがいたけれど、特に問題が起きることもなく朝を迎えた。

朝食を終えて村の入り口に行く際、すれ違う村人たちの笑顔が眩《まぶ》しい。

「またウチの村に来てくださいね」

そんな優しい態度なのだ。

ふと、気になって俺は村の青年に訊く。

「ケラドの持つ玉の件、どうするつもりです？」

「もう解決したので、大丈夫ですよ」

「解決とは？」

「玉は村の者たちで破壊しました」

「よくケラドが許しましたね。……ああ、気絶している間にやったんですか」

報復がありそうなものだが。しかし青年は首を振って、意外なことを口にする。

「彼は死にました。貴方《あなた》の一撃が予想以上に効いたようでして」

「え!?　……あり得ませんよね？　あれは致命傷になるレベルではないですよ」

腐ってもあいつは元冒険者。その辺の人より体力だってあるはずだ。

しかし青年は、やはり死亡したと断言する。

「……死体を見せていただけませんか？」

「すみませんが、村の方ですでに処理しました。旅のお方、どうか気に病まないでください。むしろ、貴方の行為は善行だったはずです」

そういう問題じゃないんだが。

殺してもないのに、勝手に濡《ぬ》れ衣《ぎぬ》を着せられてることが納得できない。

念のため、ソフィアの意見も聞いてみる。

「先生の一撃は強烈でしたけど、あれで死ぬなんて考えられません」

だよな。本当に死んだのだとすれば、その後に誰かが追加で攻撃を加えているはずだ。

俺はその辺を詰問する。が、青年はしらばっくれている。

「少し、お話をしてもよろしいですかな？」

そこにやってきたのは、村長である翁《おきな》だ。

俺は、ケラドが死ぬはずないと訴える。

村長は険しい表情を浮かべた後、静かに語り出した。

「あのケラドという男は、冒険者引退後の隠居先にこの村を選びました。過去に、大猪の魔物から村を救ってくれたこと、また護衛役を務めてくれるということで私たちは大いに歓迎しました」

「でも、どんどん調子に乗ってきたと」

「ええ。村の食べ物を与えるくらいのことなら、私たちも我慢できました」

「魔物を寄せる玉など、迷惑なものを集め出したんですよね」

「それだけじゃありません。村の若い女を手当たり次第……夜中に犯しておったのです」

ああ、そりゃ完全にアウトだ。

無論、村人たちも憤って抗議をした。

でも相手は、村人たちが束になっても敵《かな》わない。

それに杜撰《ずさん》とはいえ、一応は夜中の犯行で犯人と特定できる明確な証拠もなかった。

「旅人様。ケラドを殺したのは貴方様ではありません。あの後、放置されていたケラドを村の誰かが殺したのです」

本当は、犯人はわかっているはず。

というか、村人たちが協力して行ったのだろうと俺は推理する。

あれだけ村人がいる中で、誰の目にもつかず殺せるはずがない。

「どうか、このまま旅を続けてはいただけないでしょうか？」

「一つだけ。こちらに罪をなすりつけるやり方は嫌いです。もし、俺が殺人を犯したと他者に話すようなら、こちらにも考えがあります」

「もちろんでございます。貴方様ではない。この村の誰かが、ケラドを殺したのです」

「……それなら、俺には関係のないことですね」

「お気をつけて」

俺は返事はせず、村の入り口に歩いていく。

若干のモヤモヤ感はあるし、ここが日本なら警察に連絡もするだろう。

だが、ここは異世界であり、ルールが違う。

そしてケラドは、とんでもないクズ野郎だった。玉で村人に迷惑はかけるし、若い女性に非道な行いも働いていた。

「これが正解だったのでしょうか？」

不安げに訊いてくるソフィアに、俺は立ち止まって答える。

「今回のことに、正解はないと思う。一見正義に見えても、視点を変えれば悪になる。逆だってある。だから自分が選択した道を信じるしかない」

「……難しい問題、ですもんね」

「ああ、難しいね。でも、この問題についてはここで終わりだ。切り替えていく」

「わかりました」

彼女は優しいし正義感は強い。色々と思うことはあるだろう。

俺もかっこつけたけど、自分の選択に絶対の自信があるわけじゃないしな。

『テンキ、エエナ～』

小難しい話にはついてこれなかったギンローが空を仰ぎ、気持ちよさそうに目を細める。

いいね、そういうのに癒やされるよ。

第八話　従魔コンテスト

午前中に、隣町のアニラスに到着した。

規模はフィラセムより小さいくらいかな。

活気があって、男性も女性もシャレた服装の人が多い印象だ。

まず宿を確保しておく。御者は俺の仕事が終わるまでこちらに留《とど》まるので帰りの心配もない。

ちなみにコンテストは二日後に行われるのだとか。平民も期待しているイベントのようだ。

昼頃にご飯を食べて、まずは冒険者ギルドに顔出しをする。

中に入ったところ、みんなが俺たちに注目していた。特にギンローにだな。

(シルバーウルフか？)

(ただの犬や狼《おおかみ》ってわけじゃなさそうだ)

(ランクAの魔物を従魔にするか……)

(相当な使い手だろうな)

聴力スキルがある俺にはヒソヒソ話の内容が普通に聞こえてしまう。

従魔コンテストが開催されるだけあって、この町の人は魔物への意識が高いのかも。

受付嬢に声をかけ、フィラセムから来たことを告げる。

「要請を受けていただき、感謝いたします。二組の方がいらっしゃるとお聞きしておりますが……」

「Dランクのユウトと申します。Aランクの影の足音は後ほど来るかと思います」

「畏《かしこ》まりました。数日以内に、こちらから遣いの者を送り、作戦会議の日程をお知らせします」

「二日後の従魔コンテストに参加します。その後で可能でしょうか？」

「はい、こちらもコンテスト中に行うことはしません」

聞いていたとおりなので安心した。他の冒険者にも軽く会釈をして外に出る。

「次はコンテストに向けて、ギンローをかっこよくしましょうね」

ソフィアがノリノリで、俺たちを道具屋に案内してくれる。道具屋といっても従魔関連のものを主に取り扱うところだ。

狭い店内には、ブラシやら魔物のエサらしきものが大量に置かれている。

「……シルバーウルフかい？」

恰幅《かっぷく》の良い店主が眉根を上げ、尋ねてくる。

俺が首肯すると、ギンローに近づいて拳を鼻の前に持っていく。

犬に匂いを確認させるのと一緒だな。

ギンローが少し困惑し、俺を見上げる。まあ、初めてされるもんな。

「大丈夫、この店の主人だよ」

『ジャア、ナメトクカナ』

そう言って、ペロペロと拳を舐《な》めるから俺とソフィアは吹き出しそうになる。

なんだよ、そのご機嫌取っておくか的なやつはっ。俺たちとは違って、店主は面食らっていた。

「しゃ、喋《しゃべ》るだって……！」

「ええと、賢くて、言語を覚えるんです」

「そういう個体もいるとは聞くが……こんな話し方をするタイプは初めてだよ。生後どのくらいなんだい？」

まだ生まれて日が浅いんですとは言いにくい。ここは適当にボカしておいた。

店主は過去にシルバーウルフを目にしたことがあると話してくれた。

「かなり個体差が激しい魔物でね。能力よりも性格が複雑なんだ。こんなに穏やかに主人を見るタイプは初めてだ。超アタリの個体だよ」

「それは、とてもよく感じます」

「……実はマーナガルムなんじゃ……まさかな……」

一人で悩み出した店主に、ソフィアがブラシなどがないかと尋ねる。

そこは商売人だね。すぐに顔つきを変えていくつか持ってきてくれた。

コスパが良さそうなのを購入しておこう。

「もしかして、コンテストに出るのかい？」

「はい、考えています」

「そうした方がいい！　あんたの従魔ならいいところまでいく。さすがに優勝は……難しいかもしれないが」

詳しく訊《き》くと、優勝候補がいるようで。

なんと五年連続で優勝してるというから凄《すご》い。参加者たちは、彼に勝つことが目的になっているのだとか。

「ヨルハという貴族の方だよ。ハンサムで女性のファンも多い」

「従魔はなにですか？」

「ユニコーンだ」

一角獣と呼ばれる馬の魔物だな。

店主が言うには、美しくて強いうえ、非常に賢いんだってさ。ギンローより頭の良い魔物がいるとは考えにくいけれど。

ちなみに優勝賞金は一千万ギラと風神の指輪。

後者は指に嵌《は》めれば風を操る力を得る。

「今回は当たりだと思うね。準優勝でも三百万ギラは出るようだし、頑張ってくれよ」

やるからには優勝したいけどね。

宿に戻ってからギンローをブラッシングしてあげた。普段から毛並みは綺麗《きれい》だったが、それに拍車がかかった。

「いいな。お前は強いし、頭もいい。まだ子供だけど、見た目だってかっこいい。俺はいけると思うよ」

『スピー、ズピィ……』

寝てるじゃねーか！

ソフィアに膝枕してもらってたので、気持ちよすぎたのかもしれない。

「うふふ、新しい町で疲れちゃったんでしょうか」

「そういうタイプじゃないと思うけど、決めつけはよくないか……」

元気でもまだ幼いことに変わりはない。

◆◆◆

コンテストの当日、俺たちはコンテストの会場にいた。

上空には抜けるような青い空が広がっており、最高の天気といっていいだろう。

会場は町で一番の広場で、すでに参加者と従魔が集まっている。多くの観客が少し離れた位置で見守っている形だ。

主催者である有力貴族のおじさんが、大会の意義や趣旨を説明する。

アニラスは町おこしをした人物が優秀な従魔使いだったこともあり、長らく従魔と生きてきた歴史があるらしい。

コンテストには、その歴史を忘れず、さらに従魔の素晴らしさを再認識するという意味がある。

「まあ固い話はここまでにして、本題に入ろう」

今回の参加者は七名。審査員は主催者のほかに四人いて、一人の持ち点は二十点。

簡易なステージがあるのでそこに従魔と上がる。まず毛並みや外見などの美を審査され、次に賢さだ。主人がなにか命令を出す。

内容はなんでもいい。

ここで五人が落選する。最後は上位二名の従魔が一騎打ちをして、優勝者が決定。

美と賢さで勝てなければ、強さは審査すらされないってわけだ。結構厳しいね。俺は六番だったのでラッキーだな。

他の人のアピールを観察できるし。

最初の人の従魔は、ウイングキャットという翼の生えた猫だ。愛くるしい姿をしており、主人が飛んでみせろと命令すると即座に従っていた。

審査員の点数は、意外にも六十五点だった。

目が肥えてるのかやはりシビアだな……。

二人目、三人目とテンポ良く進んでいく。コンテストに出るだけあって従魔は美しく賢いのだが、五人目までで最高は七十二点だ。

これを超えれば、俺は決勝に進める。

ちなみに、後ろはユニコーンを従えるヨルハさん。

四十歳くらいのダンディで気品ある人だね。

「では六番。ユウト、ギンロー」

少し緊張しながら、俺はギンローとステージに上がる。

「先生、ギンロー！　ばっちり決まってますよ～」

観客の中から聞こえてくるソフィアの声に癒やされる。おかげで緊張も解けたよ。

「ギンロー、まずは正面向いたままだ。少ししたら横を向いて、遠吠《とおぼ》えをするような動作をしてくれ」

個人的に狼が遠吠えをするフォルムってかなりかっこいいと感じている。

素直に従ってくれたおかげで、観客が盛り上がる。審査員は相変わらず厳しい目つきだけどな！

続いて、賢さアピールに入る。

俺は無理に話さず、ここはギンローに自己紹介させる。

『ボクハ、ギンローデス。ホンジツハ、オアツマリイタダキ、マコトニアリガトウゴザイマスッ』

打ち合わせどおり、上手《うま》くやってくれるね。しかもハキハキと元気も良い。

「エェー、凄くないかあの従魔!?」

「可愛《かわい》い～ッ。ちゃんと挨拶する従魔なんて初めてかも！」

観客たちから感嘆の声が漏れる。審査員にも身を乗り出すようにしている人がいるので、感触はだいぶ良い。

いいぞ、このまま続けてくれ。

『ボク、サイキンオモイマス。オハヨ～ハ、アサ。コンニチハ～ハ、ヒル。デモチュウトハンパ、ソンナジカンアリマスネ？』

午前中の中途半端な時間帯のことだな。

『ソウイウトキ、コウイイマス。オハニチワ～！』

「がははははっ」

「ギンローちゃん可愛いすぎるぅぅぅ」

大笑いする人、ギンローの愛らしさにやられてしまった人たちが続出だ。

アピールタイムはここで終わったけど、十分じゃないかな。

審査員たちの話し合いがまとまったようだ。主催者が代表で合計点を口にする。

「六番ギンロー、九十六点！」

よっしゃ、これで決勝進出が確定したな！

◆◆◆　◆◆◆　◆◆◆

俺の後に登場するのは、優勝候補であるヨルハさんだ。

美しい白馬は、ただそこにいるだけで確かな存在感を放つ。優雅さではダントツだった。

言葉こそ喋れないものの、ヨルハさんが出す難易度の高い要求に全て応えて観客を沸かせた。

審査員たちがつけた得点は……九十六点！

そう、俺たちと同じじゃないですか。

これは意図的なものか偶然か？　まあ別にどっちでもいいかもな。

決勝は俺とヨルハさんで争う。ステージの上で強さを示すのだ。

「ユウト君、キミのような青年と出会えて嬉《うれ》しいよ」

「ヨルハ様。こちらこそ、お手柔らかにお願いします」

主人同士の挨拶はこの程度で終わる。

メインはあくまで従魔だしね。

『ガンバルゾォー！』

気合い十分で元気いっぱいのギンローとどこまでもクールなユニコーン。

目線が高いせいか少し見下されているようにすら思えるんだが。

主催者が合図を出して勝負が始まる。

ルールは単純で、相手が降参するかステージ上から相手を落とせば勝ちだ。主人は指示を出してもいいが、従魔が人に攻撃するのは禁止。

ギンローが先手を仕掛け、直線的に突進する。……余裕だな？

かなりの速度なのにユニコーンは微動だにしない。誘ってるのか？　つーか、角が青白く光り出したんだけど。

「待てギンロー、ツッコむな！」

『ウン？』

疑問を覚えつつもギンローは進行方向を変えて突進をやめる。

直後――ユニコーンの角が発電して、体に電気を纏《まと》う。

ひえー、危なかったわ。あのまま突進していたら負けてたかもしれん。

『ビリビリ……アブナイヨネ？』

「ああ、噛《か》んだり爪を使うのはやめよう」

ブレスで攻めるべきかな。こちらの思考の隙《すき》を突くようにヨルハさんが指示を出す。

「いつものパターンだ。そのまま追い込めっ」

「ヒウゥーン」

ユニコーンは嘶《いなな》くと、電気を纏った状態で疾走する。無論、ギンローは逃げる。追いかけっこの始まりだ。

体はずっと大きいのに、案外小回りがきくから厄介だな。

いまのところはギンローが捕まる様子はないけど……あれ？　あいつなにやってんだ？

「ステージから落ちたら負けになってしまうぞ」

『エ？』

聞いてないよ？　といった感じでギンローが驚いている。スピードを落として止まろうとするが、そのせいでユニコーンに距離を一気に詰められる。

「もらった！」

ヨルハさんが拳を固く握る。ぶっちゃけ、俺も負けたと感じる。上手く止まっても、ユニコーンのタックルを受けたら終わりだ。

が、ギンローは進行とは逆の方に跳躍する。

焦ったユニコーンが急ブレーキをかけた。ステージからは落ちなかったが、着地したギンローに背後を取られる。

「なんだと!?　だがこちらを押し出せば、無事では済まないぞ」

そう、電気の鎧《よろい》がある。しかしギンローはためらわずにフリーズブレスを吹きつけた。

なるほど、そういう手があったかっ。

「ヒヒィ……」

急激に冷やされたユニコーンが苦しそうに喘《あえ》ぐ。厄介な帯電もなりを潜め、無防備状態だ。

『チョイサッ』

ギンローはかけ声とともに尻にタックルして、ユニコーンをステージから落っことす。

数秒の沈黙が流れ……主催者が勝利のコールをした。

「優勝、ギンロー」

『ウェーイ！』

俺の胸に飛び込んでくるギンローをしっかり受け止める。

「凄いじゃないか、狙ってたんだよな」

『ウン！　ウマクイッタ！』

指示したわけじゃないのに、あんな手を思いつくなんて。地頭は俺より良いんじゃないの？

喜びにジャレあっていると、ヨルハさんが握手を求めてきたので応じる。

「完敗だよ。素晴らしい従魔だね」

「ヨルハ様のユニコーンも素晴らしい技をお持ちですね。危なかったです」

「……本当にシルバーウルフかね？」

目を眇《すが》め、ヨルハさんがギンローを見つめる。

そしてこちらが返事するより先に、続けて口を開く。

「私は過去に何体もシルバーウルフを見てきた。動きやブレスはともかく……その機転、利口さは並ではない。いくら良個体とはいえ、シルバーウルフとは思えないんだよ」

「……と言いますと」

「マーナガルムではないのかな？」

「聞いたことは、ありますが」

「警戒しないでくれ。誰にも言うつもりはない。そもそも私も見たことはない。確信はないんだがね」

とか言いつつ、完全に確信してる様子なんだよなぁ。隠しても無駄っぽいし、信頼もできそうなので本当のことを伝えるかね。

「森で発見した魔物なんです。一時的なものか今は肉体の成長が止まりましたが、以前は異常に成長が早かったです」

「第一次成長が終わったのだろうね」

「頭はどんどん良くなってきてます。さっきのもギンローの判断ですし」

「さすがレジェンド級の魔物だよ。従魔は人生のパートナーでもある、と私は考える。大切に育てるのだよ。そうすれば、絶対に従魔は応えてくれるのだから」

「ご教授いただき、感謝申し上げます」

俺はお辞儀をしてお礼を述べる。今回は勝てたけど、ヨルハさんは従魔育成に関しては俺なんかより遙《はる》かに先輩だもんな。

俺もギンローにもっと信頼してもらえるよう頑張ろう。

さて、金貨のびっちり入った賞金とシルバーの指輪を授与された。一見普通の指輪っぽいこれが風神の指輪なんだな。

みんなのアイドルになったギンローと一緒に俺は会場を後にする。結構誇らしい気分になるな。

ソフィアとは定食屋で合流した。

「二人ともかっこよかったです！　最初、観客たちはみんなユニコーンが勝つって言い切ってたのに、最後は顎《あご》が外れそうになった人もいたんですよ」

「あははっ」

「人と従魔の信頼関係っていいですよね。私もギンローみたいな子が欲しいですよ」

羨ましそうにするソフィアを見て、俺は優勝賞品のことを思い出す。

「ああそうだ、よかったらこれ使う？」

「風神の指輪じゃないですかっ」

「俺は風魔法は覚えてるし、特にいらないんだ」

彼女は信頼できるので、フリースキルのことも伝えておく。

それでも、やっぱり遠慮してきたな。

「これから盗賊退治だろ？　役立つと思うんだ」

「先生には剣を作っていただきました。なんだか悪くて」

「少なくとも、今はパーティなんだから遠慮するなって。最善と思う行動をしているだけだよ、俺は」

「先生ィ……！」

目をウルッとさせて見つめられると、さすがに照れるね。

ともあれ指輪を受け取ってくれたので、よかった。

食後、町の外に出て風神の指輪の効果を試してもらう。突風を起こしたり、相手の足元から風を巻き起こしたりすることも可能だ。

ただ、持ち主の魔力を消費する。あと連続で風を発生させることはできない。

それを差し引いても有用だけどな。ソフィアの戦闘の幅が広がるわけだし。

「先生のおかげで、どんどん強くなれそうです」

「盗賊退治、期待してるよ」

「先生の期待に応えられるよう、頑張りますねっ」

弾《はじ》けんばかりの笑顔が可愛いね。

それはともかく、盗賊退治はいつ頃になるんだろうな。Aランクパーティはもう到着したんだろうかね。

念のため、連携の練習でもしておきますか。

◆◆◆

朝にギルドからの遣いが来た。ギルドに行ったら人が集まっていた。

彼らは俺を見るなり、興味深そうに眺めてくる。

「昨日の優勝者じゃねえか」

「あの従魔、凄いんだよな」

「使える従魔なのは違いない」

やはりコンテストは有名らしく、冒険者も注目していたらしい。

俺はちょい照れくさかったけど、ギンローが堂々としてるなぁ。見習おう。

さて、奥にいた三十前後の艶《あで》やかな女性に笑顔で手招きされたんだが。

「おはよう。アタシがギルドマスターだよ」

「あ……初めまして。ユウトと申します」

「意外って顔してるねえ？」

「いえ。ただ、お若いので少し驚きました。まだ三十前後ですよね？」

正直な気持ちを告げる。なぜか場がドッと沸いた。

「いやー嬉しいねえ！　半分の歳で見られるなんてさ」

「……六十前後、なのですか？」

大人の女性に年を訊くのはどうかと思うが、今回ばかりは我慢できなかった。彼女はニコニコ顔で首肯した。

「言っておくけど魔道具や特殊な道具は使ってないよ。天然もんさ」

「あとで、美容方法を教えていただけませんか!?」

堪《こら》えきらないといった様子でソフィアが言うと、マスターのご機嫌がさらに良くなった。

「あんたらとはもっと話したいけど、そろそろ本題に入ろうか。フィラセムから優秀なパーティが二組も来てくれた」

マスターの視線で、影の足音がどの人たちかわかった。男女二人ずつの四人組だろう。強者の雰囲気が漂ってるな。

マスターは俺たちに敬意を払いつつ、盗賊退治の作戦会議を始める。

「奴らは三十人ほどで、ピロネ山を拠点にしている。度々村や町を襲うね。大した奴らじゃないが厄介なのが二人いる。まず一人目、気配察知スキルに長《た》けた奴さ。こいつのせいで奇襲は全部無効になる」

俺もそのスキルはあるが、まだ2だ。

そいつは相当な熟練者なんだろうな。

「そこで、対抗するため隠密スキルに長けた者を要請した。恥ずかしながらねえ」

ここで、金髪を上げた二十歳前後の男性が一歩前に出る。

「影の足音、リーダーのカイだ。オレは隠密行動……主に暗殺が得意だ。カイと呼び捨てで呼んでくれ」

クールキャラっぽく、見た目もかっこいい。能力も高そうだしモテそうだな。

仲間の二人の女性の目つきを見れば大体わかるよ。マスターが彼の肩をポンポン叩《たた》く。

「この彼に、変装の杖《つえ》を貸し出す。まずは隠密で敵に接近、一人を暗殺。杖を使ってそいつの姿になりアジトに侵入して、気配察知の男を殺してもらうのさ」

なるほどね、それなら奇襲も有効となる。

「で、ヤバい奴二人目。盗賊の頭《かしら》でギャラガーという。こいつは単純に強い。国から懸賞金が二千万かけれているほどさ。おまけに虎と蛇が融合したような従魔がいる。ウチの冒険者が何人も殺《や》られてる」

頭は恵体《めぐたい》。

その程度の情報しかないんだとか。対峙《たいじ》した人はほぼ殺されてるってことだね。おー怖い。

「恥ずかしい話だけど、ウチの新人はここ数年不作でねぇ……。現在Aランク以上の冒険者がいないのさ。戦力に不安があるからユウトたちに来てもらった」

めちゃくちゃ期待されてるようで、プレッシャーを感じるな。期待に応えるような働きをしたいもんだ。

人数が多すぎると連携が取れないため、今回は四十人で作戦を実行する。

「ウチの冒険者たちは準備を終えてる。フィラセムの二組の準備を待って、出発さ」

「オレたちは準備完了している」

「俺も問題ありません」

カイと俺が順に答える。そこでマスターが選んだ冒険者たちと早速出発することに決まった。

◆◆◆　◆◆◆　◆◆◆

半日ほどでピロネ山近くまで移動する。やはり冒険者の足は速い。一般的な日本人よりはずっと速度があるな。

山に入ると気配察知される可能性があるので、一度近くの林に身を潜める。カイが、みんなに告げる。

「ここからはオレの仕事だな。なるべく早く気配察知の奴を潰《つぶ》してくる」

まだ日が暮れるには時間がある。山も大きくはなくアジトまではそう時間がかからないはず。

カイを見送った後、俺たちは腹ごしらえをしておく。

『トウゾク、ワルイヒト？』

「そうだよ。ギンローも頑張ろうな」

『イッパイタオス！』

「よしよし、この干し肉も食べていいぞ」

『オイシーッ』

なんでも美味《おい》しく食べる人やペットっていいよな。異性なんかでも、そういう子はデートしていて楽しい。

ソフィアも貴族の出とは思えないくらい何でも美味しく食べてくれるな。

「先生にはギンローがいますけど、あちらの頭も従魔がいるんですすよね」

「マスターが言ってたな。虎と蛇だっけ。あんまり想像はしたくないが」

「そうですねー。私、蛇とかあんまり好きじゃなくて」

『マカセロッ。ヘビナンテ、ヘッチャラ、ヤデ？』

「きゃ〜〜ありがと〜〜！」

ソフィアに頭をサワサワ撫《な》でられ、ギンローは気持ちよさそうに目を細める。

ギンローもお返しとばかりに前足でソフィアを撫でる。箇所は頭じゃなくて、胸だけど！

「やだもう〜。女の人のそこは触っちゃダメなんですよ」

『ナンデ？』

「なんでって……。とにかく、そこで遊んじゃダメなんです」

『ソフィア、ダイジナノ、カクシテル？　ホカノヒトヨリ、デカイネ？　オカネイッパイ？』

「……お金は入ってません」

俺は笑いを堪え、なにも聞いてないフリをする。ギンローのバカ、俺を笑わせないでくれよ。

ソフィアとのジャレ合いを眺めて和んでいると、イレギュラーな事態が……。まだ出発して一時間ほどなのにカイが戻ってきたのだ。

「カイさん、なにか問題ですか？」

「……ユウトだったな。お前、腕は立つのか？」

突然なんなんだ？　気にはなるけど、それなりの自信があると伝える。日本なら謙虚な姿勢を貫くかもしれないが、こっちだとただの自信のない雑魚と扱われることも多いしさ。さすがにそれはイラッとくるのよ。

「口頭でいい。どんなスキルがあるか言ってみてくれ」

「色々ありますが……」

今は仲間ということもあり、俺は順にスキルを伝えていく。十個目あたりで周りがザワつき出す。最後まで言い切ると、驚愕《きょうがく》の視線が四方八方から注がれてしまったな。

「お、お前、それマジなのか？」

「俺はスキルを覚えやすい体質みたいで」

「そんな奴初めて見たんだが……。今のが本当なら戦力としては十分だ、ついてきてくれ。厄介な魔物がいて、道がどうしても通れない」

「俺一人だけ、ですか？」

「大人数だと、気配を悟られたらまずい。一人なら悟られても道に迷い込んだ冒険者と解釈してくれるかもしれない」

つまり俺の役目は魔物を倒して早々にここに戻る、と。

「それに隠密1があるんだろ？　アンタが適任だ」

「そうですね」

「チョット待ってよカイ！」

まとまりかけた話に割り込んできたのは、影の足音の他のメンバーだ。

「なんで彼なの？　あたしたちの誰かじゃいけないの？」

もっともな疑問だろう。彼女たちからすれば、ポッと出の俺を選ばれたら立つ瀬がない。

だがカイはブレずに言い切る。

「お前たちではダメだ。居座ってる魔物は、アシッドモンキーだからな」

「ゲ……」

三人の顔が青ざめる。その理由は、カイが説明してくれた。

「酸を吐く大猿なんだが、オレたちは過去に強個体に遭遇して逃走している。死にかけて以来、苦手意識があってな」

相性が悪い相手ってことか。メンバーが大人しくなったし、相当苦手っぽいね。

カイは、他の冒険者たちに許可を取り、改めて俺を誘ってきた。

「……一つ、教えてください。例えばですが、変装の杖を俺にもかけることは可能ですか？」

「変装は一回六時間で、あと三回は使えるとマスターは言っていたぞ」

なぜそんなことを訊く？　そんな空気が流れる中、俺はあることを決断した。

第九話　侵入

隠密1があるとはいえ、今の状態で中に入るのは少しリスクがある。そこで俺は決めた。

フリーPを使用して隠密を取り直すと。

カイは隠密6だというので、俺も同じのを取り直す。

必要Pは3000。残りPは5000以上あるので余裕だ。

「特殊な方法で、隠密6を覚えました。俺も隠密行動に参加していいでしょうか？」

変装の杖《つえ》を使えば、二人で行動しても問題ないはず。というか、協力もできるし成功しやすい。

「ど、どんな仕組みなんだ!?　……いや、ここは訊《き》かないのがマナーか。普通なら信じないが、あんたはコンテストの優勝者だし、他にも色々聞いている。最速でランクアップしたことや、悪魔からテッドさんを救ったことだ」

マスターが気を回して伝えてくれたんだろう。

ただのDランクじゃ舐《な》められるから、ありがたい。

俺の提案は満場一致で賛成。二人で山に入ることになった。

麓《ふもと》に着くと、少しドキドキする。隠密6があっても、相手の気配察知が7や8なら多分バレる。

まあ、そこまでの奴が盗賊やってるとは思えないけどさ。

「モンキーが自然と去るのは待てないんですか？」

「奴は二、三日同じ場所に留《とど》まることがある。メシの隙《すき》をついてオレだけ通過することはできるだろう。だが」

「あぁ、そうですね」

「さすが、期待のルーキーは察しがいいな」

「いえいえ」

簡単なことだよ。カイが暗殺に成功して戻ってきたら次はみんなでアジトに乗り込む。

その道中でアシッドモンキーに遭遇、体力を削られる可能性が高い。

「強い酸を撒《ま》き散らすから、大人数だと怪我《けが》人が続出する。それは痛手だろ？　なら少人数で奇襲を仕掛けて始末した方がいい」

「俺もそう思います」

やっぱAランクパーティともなると、なにが一番依頼成功に繋《つな》がるか考えて行動するんだな。俺も学ぶところは沢山あるぞ。

「見ろ、あそこだ」

山を少し登ったところに開けたところがある。草は禿《は》げており、周りを木々に囲まれた場所だ。

そこの中央で寝そべっている大猿の魔物。

体格は二メートルで見た目はオラウータンそっくりだ。

全身が茶色の毛に覆われており、口元はもっこりと膨らんでいる。

「グゴォー、グゴォー」

こっちまでいびきが聞こえる。油断しまくりだな、おい。

「見てのとおりのんびり屋だが、頭は回るし一旦《いったん》戦闘に入るとかなり強い。ユウト、油断するなよ」

「酸を吐く以外に、どんな攻撃してきます？」

「木々を上手《うま》く利用する。周囲の木々が乱立してるところに出られると厄介だぞ」

「では次に、カイの能力を話せる範囲で教えてもらえますか」

「当然の質問だよな」

こっちは全部話している。フェアじゃない——という話じゃない。単純に知りたいんだよね。暗殺が得意な人って、通常の戦闘は少し苦手なイメージがあるから。

「オレは収納からナイフや斧《おの》を出して戦う。魔法は毒系で、水を毒液に変える。毒性は大したことないが、目などに入りゃ相当苦しむ。飲ませれば大体死ぬな」

「この状況にもいいですね」

アシッドモンキーは大の字で熟睡中。しかも口を開けている。起こさずにあそこに毒液を入れられれば、楽に勝てそうなんだがね。

「オレが行くことに問題はない。ただし失敗したときが問題だな……」

「そのときは挟み込むようにして戦闘しましょう。俺が魔法を積極的に使って注意をひきます」

「助かる」

カイは忍び足でアシッドモンキーに近づいていく。起きる気配はまったくないな。どんだけ呑気《のんき》なんだか。

彼は顔の近くまでバレずに接近した。

予《あらかじ》め作ってあったのか瓢簞《ひょうたん》を取り出して口の中に注ぎ込――めない！

パチリと目を開けてしまったのだ。

「フキィイイ！」

甲高い声が山に響く。やべえっ、毒液は体にはかかったっぽいけど、口には入っていない。

アシッドモンキーは大口を開け、すぐに透明の液体をカイに対して吐き出す。

「ちくしょうおお!?」

悔しがりながらカイがダイブする。ビシャッ！　液体は地面と、カイのズボンにかかった。服は破けたが、すぐに立ち上がったので重傷ではないな。けどヤバい。

モンキーの手がカイに伸びている。

「逃げてくださいっ」

「くっ」

「ウキィ！」

腕を掴《つか》まれ、そのまま木々の方に投げ飛ばされた。

もちろん、俺だって指くわえて見てたわけじゃない。すでに動き出している。

モンキー、興奮しすぎだろ。

俺なんて眼中にないとカイを追いかけていく。それを俺がさらに追う。

「がら空きだ」

俺は火矢を撃つ。毛は長い。引火すりゃ火だるまになるだろう。

うわ、当たらない……。気配を感じたのか、跳躍して木の枝にぶら下がりやがったぞ。

「……ウッキィ」

鳴き声は可愛《かわい》いんだけどね……。顔にしわを寄せ、俺を睨《にら》んでくる。不動明王みたいに険しくて、ぶっちゃけ俺は怖いよ。

「でも倒すしかない。いくぞ」

自分の言葉で自分に気合いを入れ、俺は戦闘に入る。

まず収納スキルでナイフを出して投擲《とうてき》。アシッドモンキーはこれを指で挟んでキャッチした。

大道芸人かっての。俺は負けじと火矢を撃つ。

炎は怖いらしく、やはり受け止めない。枝から手を離して地上に降りたな。

体勢を立て直したカイが斧を手にして、背後から攻める。狙いどおり、挟み撃ちの形にはなっている。いいぞ。

「魔物の分際で、人間に逆らうなよっ」

「ウキィイイッ」

カイは片手で斧を振り上げる。アシッドモンキーは拳を振り払う。どちらが速いか!?　……待った、カイはなぜ左手に毒液入りの容器を手にしてる？

「ぐはっ」

リーチに勝るモンキーの拳がカイの脇腹に入る。彼は吹き飛ばされながらも容器の中身を敵の顔にぶつかける。

叫び声をあげながら、片目を押さえるモンキー。

好機でしかないな。俺は火矢を再度撃った。

三度目の正直で、今度こそ命中する。全身が燃え上がり暴れていたが、予想以上に早く倒れて動かなくなった。

やっぱ火が弱点だったのな。

「骨は平気ですか？」

カイに駆け寄り、俺は声をかける。

「へっ、やってくれると信じてよかった」

一応笑顔は浮かべるが、冷や汗が流れている。俺も治癒院で色んな患者を診てるからわかる。こりゃ相当痛いに違いない。

「最後、攻撃する気はなかったですね？　毒液をかけることに集中していたように見えました」

「賭けたのさ。戦闘始まってからのユウトの動き、冷静さはDランクのそれじゃねえ。最も勝率が高いのは、オレがモンキーに一瞬の隙を作ること。そう判断しただけさ」

かっこいいな、この人。たとえ勝てるとしても、自分を犠牲にすることは普通の人はできない。

俺だってそうだ。

それを臆《おく》せず行うとは恐れ入る……。

「安心しな。骨は折れちゃいない。見かけによらず結構頑丈なタイプだ」

「でも、回復だけさせてください」

俺はハイヒールを使う。

強がりじゃなく、本当に折れてはいなそうだ。痛みは絶対あるだろうけど。

一分も治療してあげると、カイの顔色がみるみる良くなった。

「もうすっかり正常だ。お前、本当万能なんだな。これが終わったらウチのパーティに入らないか？」

「光栄なお誘いですけど、もう仲間はいますし」

「だよなぁ。つか、従魔もコンテストで優勝するくらいだ。あんたと組んだら、相当凄《すご》いんだろうよ」

カイは二、三度その場でジャンプする。完全に治ったようだな。俺もモンキーを倒したから６００Ｐ入っている。

すぐにアジト探しを再開する。

騒ぎを聞きつけ、盗賊が下りてくることはない。ただし、アジト近くには絶対に見張りがいるはず。

「油断はするなよユウト。姿を見られるのは極力避ける」

「了解です」

理想としては、見張りをバレずに倒したい。次に変装の杖でそいつらに成りすまし、アジトに侵入する。

「気配察知の使い手は、どうやって見つけます？」

「変装さえできれば、オレの話術でなんとかする」

「頼りにしてます」

カイは慣れているだろうし、そこは任せよう。

それにしてもドキドキしてきた……。

万が一、偽物だとバレたらタコ殴りからの死亡もありえるし。やめよ。悪い方に考えず、ギンローみたいにポジティブシンキングでいく！

◆◆◆　◆◆◆　◆◆◆

頂上近く、崖の近くに盗賊のアジトは存在していた。

洋館のような建物が堂々と山に鎮座している。見張りも二人いるな。

俺はカイと灌木《かんぼく》に隠れながら会話する。

「あんな場所に、結構立派な館《やかた》ですね」

「元々は物好きな貴族が作ったんだろう。町中だと権力争いや平民の目が気になるのか、田舎に別荘を作る貴族は多い」

へえ、貴族といえども楽じゃないんだ。日本でも金持ちや権力者は批判の対象になることが多い。大したことない発言で炎上、叩《たた》かれたりね。

人の嫉妬《しっと》ってのは怖いよな。

「どうします？」

「二人を始末して、変装する。それがベストだが、案外油断がない」

「ですよね……」

山の中の警備なんだから談笑くらいすりゃいいのに、見張り二人は無言で立っている。

しかし見るからに悪人って面してるのな……。

「そういやユウト、投擲は得意なのか？」

「ええ、一応スキルもあります」

「なら、これはどうだ」

カイはナイフの刃を毒液につける。これを投げろってことだろう。

命中すりゃ盗賊は死ぬことになる……が、それほど躊躇《ためら》いがないな。

「盗賊を殺した場合、罪になりますっけ」

「面白い冗談だな。あいつらが罪を犯しまくってるんだぞ。館にだって連れ去れた女子供がいるかもしれない」

「情けはいらない、と」

「むしろ殺す、捕まえることが正義だ。それによって未来に苦しむ善人が減る」

まったくだ。異世界じゃ悪人に対する慈悲心なんて捨てちまおう。

「殺《や》れそうか？」

「やりますが、外したときはどうします？」

「流れを見てオレが飛び出す。魔法で援護してくれ」

「わかりました、ではギリギリまで移動しましょう」

なるべく距離は詰めた方がいい。匍匐《ほふく》前進で移動して見張りたちの斜め前方の木陰に身を隠す。

距離は二、三十メートルくらいか。見張りは二人とも軽装。服に血がつかないよう、頭か額を狙った方がいいよな。

ヒュッ――と素早くナイフを投げる。

「ぐえ……!?」

よっしゃ、成功した！　心の中だけで喜び、俺は二投目に入った。まごつく残り一人の頭にもあっさり命中する。

カイが近づいて、見張りの脈を取る。深く刺さったこともあり即死だったようだ。

「こいつを陰に隠すぞ」

「はい」

一人ずつ担いで木陰に持っていく。

「さすがだなユウト、まさか二人とも一発で始末するとは」

「予想より反応が鈍くて助かりましたね」

「頭《かしら》以外は、所詮《しょせん》三流の集まりなんだろう。さてさて、こいつを使うぞ」

カイは変装の杖を取り出した。木製の長い杖で、一見何の変哲もない。彼は杖の先で死体に触れると、今度は自分の皮膚にその部分を当てつけた。

「変装」

その行為と言葉が発動に必要なのだろう。

一瞬にして、カイの姿は見張りの悪人面《づら》へと変わった。

「おおっ、凄い……。本物と見分けつきませんよ」

「成功したか。ギルドマスターに感謝だな。次はユウトだ」

同じ要領で、今度は俺がもう一人の見張りの姿に変化する。顔は自分じゃわからないけど、目線が変わったり、手が明らかにゴツゴツしていたので成功したとわかる。

服までは変わらないため、見張りのを血がつかないよう慎重に剥《は》ぎ取って着替える。元の服は収納で保存しておこう。

怪しまれないよう館の前に戻る。

「このまま交代の時間まで待ちます？」

「いいや、何時間後になるかわからない。こっちから仕掛けていこう。二人で仮病のフリをする。オレに話を合わせてくれりゃいい」

「わかりました」

カイが館のドアを開けて中に入る。俺もその後を追う。立派な館だけど掃除はあまりしてないんだろうな。

中に入ると少し埃臭《ほこり》かった。廊下で数人の盗賊が座り込んで馬鹿笑いしている。

「あぁ？　見張りはどうした？」

「悪いんだが、ちょっと代わってくれないか。オレたち二人とも、さっき食ったものが当たったみたいで……痛っ」

「俺も、腹が痛くて……」

カイを見倣って俺も表情を作り、腹を押さえる。

盗賊たちはそれを見て爆笑し出す。仲間の不調なんだから少しは心配しろっての……。

いや、こいつらにとっちゃそういう意識もないのかもな。はぐれ者同士一時的につるんでいるって感覚なのかも。

「頼むって。今晩の飯と明日の朝食までやるからさ」

「お、マジかよ！」

カイの誘いに乗ってきたな。金を使うのかと思ったけど、こういうやり方もあるのか。

考えてみれば、こんな山の中じゃ大した食事は取れない。金よりご飯の方が有効なのかもしれない。

疑われることもなく、二人とも交代してもらえそうだ。カイは思い出したように言う。

「そうだ、気配察知で調べてほしいことがある。姿は見えないんだが、妙な気配を感じてな。獣かもしれないが一応な」

「ジャックなら二階の奥の部屋に女と入ってってたぞ」

「女と？」

「村でさらった奴だよ。どうせ頭に隠れてこっそりと連れ出したんだ。何度怒鳴られても懲りねえ奴だよ。スキル持ちだから頭も殺せねえのを本人もよく知ってやがる」

「わかった、じゃあオレが伝えてくる。見張り頼む」

「約束忘れんじゃねえぞ」

上手くやり過ごしたうえ、スキル持ちの居場所もわかった。カイはさすがに慣れているな。

俺たちは二階に上がる。階段を上がると左右に道が伸びていた。これだと奥の部屋は二つあることになるな。

館は二階までなので、頭の部屋もあるんだろうか。

「カイ、捕まった人々がいるみたいですね」

「だな。だが今は、後回しだ。依頼を遂行することだけ考える」

「手分けしますか？」

「ユウトなら上手くやるだろうし、そっちの方がいい。殺したら死体を収納してくれ」

「女性は？」

「元の場所に戻ってもらった方がいいな」

俺は首肯する。ジャックが密《ひそ》かに連れ出したのなら、口止めして元の場所に返せば問題ない。

カイと分かれて俺は廊下を進む。大きい館で部屋はいくつもある。中からは談笑の声がよく聞こえてくる。

女性たちは慰みものか？　それとも奴隷として売ったりするんだろうか。

どうであれ、本当にロクでもない奴らだよな。

俺は最奥のドアに耳を当てる。中から男の声が聞こえる。

「へへ、ゆっくりだ。もったいぶるように、娼婦《しょうふ》みたいに脱いでいけ」

村の娘に、自分で衣類を脱がせているのかね。会話だけでも大体、中が想像できる。

俺は一応、ノックをしておく。

「ちっ、誰だ？」

「俺だ、すぐ済むから開けるぞ」

断ってから俺は中に入り、ドアを閉める。

中には椅子に座った小男がいて、ベッドの前に下着姿の少女がいる。多分、まだ十代だな。

「デイブスかよ。なんの用だ？　見てのとおりおれは今、お楽しみ中だ」

「頭に隠れてか？」

「う……言ったのかよ？」

まさか、と俺は顔を左右に振る。ジャックが安堵《あんど》の表情を浮かべる。

やっぱり、こっそり連れ出してたみたいだな。

「すまんが気配察知を使ってほしい。見張りをしてた際、妙な気配を感じてな」

「獣じゃねえの」

「とは思うんだが……念のためだよ。ほら、万が一人間だった場合、俺もお前もドヤされるかもしれない」

頭の人物像は知らないが、ジャックはしょっちゅう怒られてるようだしな。

案の定、渋い顔をして了承した。

「しゃあねえ。館の近くに、妙な奴がいないか調べてやんよ」

「悪いな」

ジャックは目を閉じて意識を集中させた。俺は背後に回ってナイフを延髄のあたりに当てる。

「見張り以外に怪しい奴はいなうぇ――――!?」

延髄を突き刺されたジャックが床に倒れる。

「怪しい奴ならいるよ、ここにな」

目を丸くして、今にも叫び出しそうな少女の元に俺は走り、口元を手で押さえた。

大声出されちゃまずいんだよね。

「安心してください。敵ではありません」

今は変装していること。盗賊を討伐に来たこと。女性たちを最後は助けたいことを伝える。

逃げないか、喚《わめ》かないかと尋ねると、彼女は頷《うなず》いたので口元から手を離す。

「本当に、助けてもらえるのですか？」

「はい。ただ、今すぐではありません。一度、元の場所に戻ってもらいます。まずは、服を着て」

こんな状況とはいえ、下着姿は刺激が強すぎるんだよ。彼女が着替えている間、俺はジャックの死体をまさぐる。ポケットから鍵を発見した。

「これって、女性がいる部屋の鍵ですか？」

「そうだと思います」

なら預かっておこう。他にめぼしいものはないため、死体を異空間に収納する。

「凄い……！　なにをしたのですか」

「死体を隠しました。このままだとまずいので。さ、元の場所に案内してください」

部屋を出て、彼女に部屋まで案内してもらう。意外にも二階にあった。いいや、二階の方がいいのか。

窓からも逃げづらいし、万が一部屋から出られたときも階段を下りて一階の出口に向かう必要がある。

途中で、盗賊に遭遇する確率も高いはずだ。

「何人ほど捕まっています？」

「若い女性ばかりで十人はいます」

「彼女たちにはまだなにも言わないでください。また、他の盗賊にさっきの男のことを聞かれたら、行為が済んだ後は、この部屋に戻されたと答えてください」

「わかりました」

この子はまだ若いけどしっかりしている印象だ。妙な行為に走ることはないと判断していいかな。

俺は部屋の中に彼女を入れる。そして鍵を閉めて、カイを捜しにいく。

奥のドアノブに手をかけると、勝手に回って焦る。ちょうど彼が出てきたところだ。

「ビビった、ユウトかッ。そっちにいたか？」

「ええ、上手くいきました」

俺は流れをかいつまんで説明した。

「さすがだな！　実はこっちも収穫があった。入ってくれ」

収穫ってなんだ？　室内は結構汚かった。

そこら辺に食いカスや物が置かれていて、ある意味生活感がある。少しは掃除しろよ。ま、盗賊になる奴らじゃ仕方ないか。

「この壁が怪しいと思って押してみたら、大当たりだった」

カイが隅の壁を押すと、ゆっくりと一部が回る。回転式のドアになっているのだ。

そこは小部屋となっており、装飾品やら武器やらお宝が沢山置かれてある。うおー、随分貯《た》め込んでたんだな……！

「ちょっくら調べてみたんだけど、使い捨ての魔道具なんかもあるんだよ」

「戦闘に使えるタイプ？」

「ああ。これ奪っておけば相手の戦力ダウンに繋がるが、どう思う？」

俺とカイは収納があるから、宝も含めここのものをごっそり奪い去ることは可能だろう。

「やめましょう。魔道具にも手をつけない方がいいです。万が一、ここのものが無くなってるとバレたら、敵は警戒します」

元々、奇襲を成功させるため、俺とカイはリスクを犯して侵入したわけさ。そして見事、ジャックも始末できた。ここで欲をかいて相手に侵入がバレたら、本末転倒なんだよな。

「ユウト、やっぱり冷静だな。ますますウチのパーティに欲しい。取り分を一番高くするからどうよ？」

「ありがたいですけど、最近金運は良い方なんです」

「くぅ、つれねーなぁ」

基本クールなカイが本当に悔しそうにする。それはさておき、俺たちは静かに部屋から出る。あとは、バレずにこの館から脱出すれば目的は達成だ。

「外は日が暮れてるだろうな」

「行けるところまでは、行きましょう」

そんな会話をして歩いていると、部屋が開く音がした。

「お前らちょっと待て！」

心拍数が上がる。俺とカイが振り返ると、禿頭《とくとう》の男がおもむろに歩いてくる。天上が低く思えるほどの背丈で、体格が非常にしっかりしている。目つきも、肝が据わっている奴のそれだ。ぱっと見で強者だと判別できる。こいつ、絶対盗賊の頭だろ！

「なんでしょう？」

俺は平常心を装い、そう言った。男は鋭い目でこちらを見下ろす。ヤバい、まさかバレてるのか？

「お前ら……今見張りじゃなかったか？」

「えっと、実は腹が痛くなりまして……。交代してもらったんです」

「食い物に当たったんだな。まあいい、ジャックの野郎を見たか？」

「あいつ、またなにかやったんです？」

「俺様用の果物が無くなってる。そんなことするのは、あの野郎しかいねえだろうが！」

壁を殴りつけ、かなりイラついている様子だ。今のパンチで、こいつが強いのは十分わかったよ。口ぶりといい、頭で間違いないな。

ここで、俺はいい作り話を思いついた。

「そういえば、あいつ階段ですれ違ったとき、しばらく館を出るって言ってました」

「なんだとぉ!?」

「お頭にドヤされるって。女の部屋の鍵も持ってました」

「今すぐ追え！　そして連れ戻せ！　腹痛いとか言ってる場合じゃねえぞ！」

「は、はいっ」

俺は焦ったフリをして、カイと急いで階段を下りていく。

そのまま外に出ると、交代した見張りが不思議そうな顔をする。

「お前ら腹痛は治ったのかよ？」

「それどころじゃない。お頭命令で、俺たちは逃げたジャックを追う！　お前らはここで見張り頼むぞ」

「お、おう」

隠れることもなく堂々と来た道を引き返す俺たち。カイが口端を上げながら絶賛してくる。

「あの場面で、よく機転きかせたな！　おかげでジャックや始末した奴らがいなくても怪しまれなくなった」

「咄嗟《とっさ》ですけど上手くいきました。しかしあの大男、結構厄介そうです」

「あれは絶対強ぇ……。懸賞金がかかってるだけはある。オレはサシじゃ勝てねえな」

「数的優位で攻めたいですね」

そのためにも奇襲を成功させ、さっさとザコは始末していきたい。

館を出て三十分ほど歩いたところで、俺とカイは足を止める。そうするしかなかった。

「……もう真っ暗だな。残念だが野宿するしかない」

そう、日が完璧に落ちた。今夜は月も雲に隠れており、数メートル先も闇で見えない。

足場も悪いので無理に進むと危険だ。そのうえ、この山は魔物も出る。移動中に襲われたり囲まれるのは避けたい。

「ですが、できれば今夜中にみんなと合流して、早朝にアジトを攻めたいですね」

「まあ、それが理想だわな。日が完全に昇ってからだと、盗賊も起きてる奴が増えるだろうし」

うん、今夜中に戻ろう。枝を燃やして松明《たいまつ》代わりにするかね。それも悪くないが、フリーPを使用しよう。

初歩の光魔法に、光で周囲を照らすやつがあったはずだ。

今あるフリーPだと光魔法4までいける。

光魔法は基本優秀なので損はないな。

ポゥッ。

俺の指先に光球が生じて、周囲を照らし出した。

「ユウト、お前って光魔法使えたっけ？」

「今、覚えました」

「……うーん、規格外……」

どこか呆《あき》れた様子で言うのはなぜでしょうね。

ともあれ光魔法のおかげで、問題なく山を下りられた。

魔物に襲われなかったのは地味に嬉《うれ》しいね。

みんなが野宿する林に戻る。盗賊の格好なので、当然誰もが警戒する。ギンローはすぐに気づいてくれたけどさ。

『ユウトーッ、タダイマァ！』

「ははは、そこはオカエリだぞ！」

『オッカエリ！』

「ただいま。しかし俺だとよくわかるな？」

『ニオイデ、カンペキッ』

やっぱギンローと戯れているときが一番和むわ。このまま町に帰って休みたいぜ。

「先生、お疲れ様でしたぁ」

「ソフィア、こっちは問題なかったかい？」

「はい！　強いて言うならギンローが蛇と追いかけっこしまくって困ったくらいです」

「ギンロォ……」

『ギンロー、ワルクナイヨ？』

悪いのは地を這《は》う蛇だとでも言わんばかりに、キョトンとした顔してやがる。余裕で許すけどな！

というか、蛇に恐れを抱かないのはありがたい。頭の従魔は虎と蛇が融合してるわけだし。

「お前ら仲良いな。雰囲気だけで、良いパーティかわかるんだよ。ユウトがウチに入ってくれない理由がわかった」

「影の足音だって素晴らしいパーティじゃないですか」

仲間の三人が、カイの帰りを心底喜んでいる。特に女性二人なんて、思いっきり抱きついてるしね。

モテて羨《うらや》ましいよ。

◆◆◆　◆◆◆　◆◆◆

「現在の状況とこれからの動きについて話させてくれ」

カイがリーダーシップを発揮してくれたおかげで、俺はかなり楽できるよ。

厄介だった二人のうち、一人は始末したと彼が伝える。

俺が収納スキルで死体を出すと場が盛り上がった。

「ほとんどユウトのおかげだ。あんたらも感謝しろよ」

「カイがそこまで褒めるなんて……あんた本当に凄い奴なのね」

「そうですね。カイは結構他人に厳しい人なんですけど」

「討伐の際は期待してるぜ、超期待のルーキーさんよ」

カイの仲間が俺に好意を向けてくる。他の冒険者たちも褒め称《たた》えてくれるので、さすがに照れそうだ。

「みなさん、少し休みましょう。早朝にアジトに到着するようにここを出発します」

朝の三時頃にここを出る感じだな。俺も休んでおこう。


『オキテー』

「……ん、もう時間なんだな」

ギンローをモフモフしつつ、俺は目を覚ます。変装の杖の効果は消え、元の姿に戻っているので服も自分のものに着替えた。

みんなで準備を整え、山に入る。

先頭は俺だ。光魔法で道を照らせるからな。ちなみに覚えた光魔法はあと二つ。閃光《せんこう》で目を眩《くら》ますのと、武器に光属性を一時的に宿すものだ。

「私、頑張ります。先生のお役に立ちたいので」

「気合い入ってるんだな」

「剣を作ってもらったり、指輪までいただきましたから。お返しできてないですし」

「あんまり気負わなくていいよ。俺がやりたいからやってるだけだし」

「先生は本当に優しいですね～」

ソフィアくらい性格が良くて美人なら、男は誰でも優しくなる気はするな。

四十人での移動ではあったが、特に問題なくアジト近くにたどり着いた。カイが言う。

「誰かが先に行って、見張りを倒す必要がある」

「私に行かせてください！」

「ソフィアだったな。ユウトはどうする？」

「俺とギンローも行きます」

「ならこれの笛を持っていけ。万が一、見張りを倒すのに失敗したり、仲間を呼ばれたときはそれを鳴らせ。オレたちも一斉に乗り込む」

「そうならないよう、注意します」

俺たちは館が見える位置までチームで移動する。身を屈《かが》めながら、見張りの近くまではやってこれた。

「まずいな……。今回はナイフは無理かも」

二人とも金属の額当てっぽいものをしている。

狙いづらいし、仮に当たっても死にはしないだろう。

「でしたら先生、ここは私とギンローに任せてくださいません？」

「策があるんだな」

「待ってる間、一緒に練習などしていました」

「俺にできることはあるかな？」

「一瞬だけでいいので気を引いてもらえれば。あの二人の背後に、石などを落としてもらえたら助かるのですが」

「オーケー、やってみる」

ちょい場所が悪いので、俺は見張りの死角になる位置目指して一人で動く。その際、手頃な石をついでに一つ拾う。

幹の太い木の陰で深呼吸。ここなら投げてもバレないだろ。いけっ！

俺は石を山なりに投げた。


――ボトッ。


上手い具合に、見張りの背後に石が落ちた。

「音がしたな？」

二人が同時に背後を確認する。その瞬間、ギンローとソフィアが隠れていた場所から飛び出す。

みるみる距離を詰める。さすがに見張り二人も存在に気づいた。

「てめえら――」

見張りが声を出すのとほぼ同時に、ギンローが頸動脈《けいどうみゃく》に噛《か》みつく。

ソフィアの剣が、強烈な突きで見張りの心臓を貫く。バタバタッと見張り二人が地面に沈んだ。

えー、すげー……。

まさに疾風迅雷の攻めで、一気に勝負を決めた形じゃないか。俺はすぐに見張りの息の根が止まってるか確認する。

両者とも即死だった。

……ギンローはともかく、ソフィアが躊躇《ちゅうちょ》なく敵を倒したのは意外だ。

「やるか、やられるかですから。私も冒険者になりましたし、覚悟は決めました」

「そっか。ナイスだ」

身体能力だけじゃなく、精神も成長しているってことだな。

『ギンローハ？』

「ギンローはいつもナイスだよ」

『ウェーィ！』

「その喜び方どこで覚えたの？　っていうか、静かにな」

せっかく敵を瞬殺したのに、外で騒いで見つかったら目も当てられない。

俺は死体を収納すると、すぐにカイたちの元へ戻る。

「作戦は成功しました。ソフィアとギンローが上手くやってくれまして」

「さすが、ユウトのパーティだな！　これで最高の形で奇襲ができる。全員、前に進め」

冒険者たちが夜明けに進行する。

館の前で、カイが早口で俺に告げる。

「さっき一階、二階を攻める奴を決めておいた。影の足音は外で待ち、逃げてきた賊を全て潰《つぶ》す。

ユウトはどうする？」

俺たちも外で待つべきか。迷うな。でも頭と従魔が気になる。寝てるなら暗殺で終わらせられりゃ最高なんだがね。

「部屋の位置も知ってますし、俺は頭を攻めてみます。もし無理そうなら、外に逃げてきます」

「ユウトで無理なら、包囲して倒すしかないだろうな。そのときは任せてくれ、連携には自信がある」

方向性が決まり、俺たちは館に侵入する。

廊下は静かだ。朝まで飲んでる奴はいないっぽいな。

俺は二階に行き、頭が出てきた部屋の前に行く。ギンローもソフィアも準備できているので、静かにドアを開ける。

広い部屋だな。奥に窓があり、光が差し込んでいる。物はあまりなくソファーと棚があるくらい。

頭はそのソファーで横になっている——が、目は完全に開いてるんだが!?

「俺様の館に侵入する度胸だけは認めてやらぁ」

「……ギャラガーだな。お前を倒しに来た」

「だろうよ」

ギャラガーは緊急時とは思えぬほど自然体で起き上がり、テーブルの上にある剣を手にする。

湾曲しており、曲刀タイプのものだ。

「む……」

俺はギャラガーではない別の存在の気配を感じ取る。

「ソファーの後ろになにかいるぞ」

「ガァアアア！」

ソファーを軽々と飛び越えて、虎が俺に攻めかかってきた。従魔に違いない。尻尾が大蛇で、虎頭だけじゃなく蛇まで俺に噛みつく気マンマンだ。

『トリャ！』

俺を守ろうとしてギンローがさらに虎の横から飛びかかる。

もつれるようにして転がり、従魔同士が争う。

体格では完全にギンローが不利だ。しかもあっちには独立した動きをする蛇もいる。

「私に任せてくださいっ」

「そっちは頼んだ」

ここはソフィアの力を借り、俺はギャラガーに集中する。武器は使い慣れている剣でいく。

「ほう、強いな。俺様くらいになれば、構えを見た瞬間に相手の実力がわかる。あとは目で胆力があるかどうかかもな」

「そりゃどうも。腐りきった悪党に褒められてもあまり嬉しくないけどな」

「それよそれ。俺様を退治しに来る奴らは、最初はみんな粋がってる。でもよ、最後は例外なく命乞いしてくる。それを踏み潰すのが楽しくてしょうがねえ。懸賞金かけてくれた奴に感謝したいくらいだね」

なにをペラペラと悪事自慢しているのだか。こっちばかり不快になるのはフェアじゃないので、挑発しよう。

「マヌケな頭を持ってジャックは可哀想《かわいそう》だ」

「……ジャックがなんだって？」

「あいつや見張りは俺が始末した。逃げたわけじゃないんだよ。あれは俺の作り話だ」

「お、お前の、作り話……？」

「昨日、廊下で二人組に声をかけただろ？　あれはな、俺と仲間だったんだよ。気づかなかったか？　そんなマヌケが頭を務める盗賊団ねえ。あっという間に壊滅させられそうだ。はははははは！」

「でんめえええええええええ——！」

ぷっつん。

ギャラガーは目を血走らせて、俺に猪突猛進《ちょとつもうしん》してきた。

挑発勝負は、ひとまず俺の勝ちってことでいいよな？

第十話　大器

室内に変化が起きた。

まずギンローが強力な爪を虎の従魔にお見舞いした。すると蛇が怒って噛《か》みにかかったのだが、それをソフィアが絶妙のタイミングで斬り落とした。

虎はマズいと判断してか、窓から外に逃げた。ギンローとソフィアは即座にそれを追って外に。

二階なんだけど大丈夫かな……。

人の心配をしてる場合でもない。俺には縦横無尽に動く刃《やいば》が襲いかかる。

避《よ》け、受け流し、見極めることに集中する。

力も速度もある。そして自由極まりないように感じる。だが、ちと自由すぎじゃないか？

型というものがなさすぎて、無駄が多い。おそらく剣術スキルはないか、あっても低い。そして誰かに師事したこともなさそうだ。

恵体《めぐたい》や元来の気性や迫力で敵を圧倒してきたと勝手に推測する。

「妙だな」

「なにが妙なんだッ、言って見やがれクソガキ！」

「ガキって……俺はアラサーなんだが」

「ごちゃごちゃうっせえ！」

縦一文字をなぞるような大ぶりの一撃を、俺はバックステップで躱《かわ》す。刃が床に食い込む。

「ウッ、クソッ」

剣が挟まって抜けないのだ。剛力が仇《あだ》となったな。この隙《すき》を逃したらアホだ。俺はギャラガーの左腕を切り落とす。

切断された肘から下が、勢い余って宙を舞う。

「ひぐぅああああああああああああ」

悲鳴が室内を埋める。一気に倒すべく俺は強く踏み出そうとして、嫌な予感がした。

罠《わな》かも……。だって妙だろ。こいつ、懸賞金かけられる悪党で、今まで手練《てだ》れの人たちを返り討ちにしている。

その割に、どうにも弱い。

もちろんザコってわけじゃないけど、死の恐怖をまったく覚えないのだ。

「ゆるざねえええええ！」

ギャラガーが怒りの咆哮《ほうこう》をすると、バチバチと全身に電気を帯びる。やっぱ突っ込まなくてよかった。

なんて安心したのもつかの間。四方八方にそれを飛ばしてきた。

「マジか!?」

もはや奴自身が発電機。雷が複数飛んでくるような状況にはさすがに焦る。

「いつっ……」

掠《かす》っただけなのに、電撃の痛みが全身に走る。こいつ、高いレベルの雷魔法を習得してるんだろうな……。

この技でみんな、返り討ちにあったのか。

「フーッ、フーッ」

興奮した様子で接近してくるギャラガー。体に帯びていた電気は消えている。強い電気を放った後は、溜《た》まるまで纏《まと》えないのかもな。

それに、あいつの曲刀はまだ床に刺さったまま。どうするつもりだ？

「オラァアアアアアアッ」

ぶん投げる気らしい。俺の体が窓を通過して外に出る。ひぃっ！　野球ボールになった気分だ！

俺は空を飛びながら、ハイヒールを自身にかける。完全回復ではないけど体は動くようになった。

「ぎゃふ……!?」

着地は失敗したけどなっ。体が頑丈になってるからマシだが、痛いのに変わりはない。

起き上がり、完全に体力が戻るまでハイヒールをかけ続ける。

外の様子だけど、館《やかた》から出てきた盗賊が結構いるぞ。カイたちが積極的に倒している。

「終わりです！」

『トドメデス！』

おっ、あのコンビもいた！　虎の魔物の首元をギンローが食いちぎり、相手がフラついたところをソフィアの剣が斬り刻む。

あっけなく従魔倒してるじゃん。俺も負けていられない。ザッと二階からジャンプしてきたギャラガーと向き合う。

曲刀は一応持ってきたみたいだな。まともに剣戟《けんげき》を交わす気はなさそうだけど。

「本気を出すのは、何年ぶりだろうなぁ」

ずっと電気を纏っていて、ウザいことこの上ない。

「最初から本気なら左腕失わなかったんじゃないか？」

「てめえだけは、絶対に殺す。誰かをここまで殺したい、なぶりたいと感じたのは初めてだ」

「なんて光栄なことだろうな」

しかし、どう戦うべきか。こっちも魔法で対抗した方がいいのかね。

帯電状態に剣で攻めると感電するしな。だが先ほど、雷を撃った後は放電していた。あのときであれば隙だらけだ。

「そろそろ、さっきのを撃ってきてくれよ」

「避けられると思ってるのがムカつくんだよ、ぬぉおおお！」

体に電気を蓄えていくギャラガー。雷耐性もあるよな、絶対。なきゃ、あんな芸当できないと思うんだが。雷魔法は雷耐性とセットじゃないと本領発揮できないのかも。

さて、そろそろ来るぞ……。

ギャラガーが目をクワッと見開く。俺の頬《ほお》を風が撫《な》でる。突然巻き上がった風が地面の石を浮き上がらせる。

「ぬぐっ……！」

石がギャラガーの顔面にぶつかった。魔法発動のタイミングだったため、完全に狙いが逸《そ》れて俺には雷魔法が一つも当たらない。

「ソフィアかっ」

「いってください、先生！」

風神の指輪を巧みに活用してくれたのだ。

感謝しかないね。俺はギャラガーまでの最短距離を走り抜け、勢いを活かして剣を振り切る。

——ギャラガーの首が刎《は》ね飛ぶ。

しばらく静寂が辺りを包む。争っていた者たちも手を止め、俺たちの戦いに注目していたのだ。

「おかしらが、負けた？」

「嘘《うそ》だ、あの人は……高ランク冒険者だって返り討ちにしたことあるんだぞ……」

「あいつ、何者なんだ……」

盗賊たちの戦意が消失している。武器を落として降伏する者まで出てきた。

カイがそいつらを縄で縛りながら言う。

「あいつはユウトだ。将来、Sランク冒険者になる男だ。お前らが戦ってきた奴らとは格が違うんだよ。覚えておけカスども」

Sランクかぁ。まだ遠いけど、将来はたどり着きたいもんだ。そして俺の評価がやたら高いな。

今のだって、ソフィアのサポートあってこそなんだけどさ。

「完璧な太刀筋でしたね」

「ソフィアが風を操ってくれたおかげだよ。上手《うま》く使いこなしているな」

「相性が良いみたいです。ようやく先生のお役に立てて嬉《うれ》しいです！」

『ボクチャンモ、ガンバッタケドナァ……』

ソフィアばかり褒めたから拗《す》ねちゃったかな。俺は背中の毛を撫で、ギンローのことも褒める。

「うん、ぼくちゃんも頑張ったな。虎の魔物への一撃は見事だったぞ」

『デショ！』

「つーか、動きがどんどん俊敏になっていくよな」

あっちの従魔もギンローの動きにはついていけない感じだった。俺たち人間では届かない反応速度や身体能力があるよなー。

「ユウトー、女性解放とお宝回収に行こうぜ」

「はい、彼女たちも待っているでしょうし」

俺はギャラガーの死体を収納する。

館の中の残党狩りをして、彼女たちの元へ急ぐ。鍵を使って部屋を開ける。中にいる女性たちに声をかける。

「俺たちは冒険者です。あなたたちを助けにきました」

ん？　あんまり反応がないな。みんな戸惑っている様子だ。

「大丈夫ですよ。これからは自分の村や町に帰れます」

意識して優しい声音で伝えると、彼女たちの感情の堰《せき》が切れた。泣いて喜ぶ人がほとんどだ。服装こそまともだけど、みんな体格は痩せている。

ジャックみたいなクズも多いだろうし、ここの生活は苦痛以外の何物でもなかっただろう。

「ありがとうございます、本当に嬉しいです」

俺の手を握ってきたのは、昨日ジャックの部屋にいた女性だ。

「よく耐えましたね。約束を守って、俺たちのことも言わなかったんですよね？」

「……昨日の盗賊、貴方《あなた》だったんですか」

「そうです。変装をしていまして」

そう言うと、女性は俺に抱きつき、興奮して言葉を紡ぐ。

「貴方には二度も助けていただきました。昨日は操を、今日は人生を救っていただきました。なんとお礼を言ったらいいのか……」

「礼なんていりませんよ。俺は自分の仕事をこなしたまでです」

自分の仕事に責任感を持つ。そんな当然のことをしたまでだ。

ま、かっこつけた感は否めないけどさ。

◆◆◆

館内の盗賊の処理も問題なく終わった。

館のお宝は、カイの指示で俺が一時的に収納する。反対する人は誰もいない。俺が持ち逃げすると疑う人は一人もいなかったな。まあ、実際しないけど。

館の外に出てからは負傷者を並ばせる。

「重傷者の方から優先的に治療します！」

「あんた回復も得意なのか」

「ありがてえ」

傷ついた仲間たちを俺は治療していく。治癒院で毎日バイトしていたおかげで、慣れたもんだよ。

俺の手際の良さにはカイたちも驚いていたな。

「お前、ヒーラーとしても活躍しそうだな……。ますます欲しい……」

カイと仲間は、かすり傷一つ負っていない。さすがAランクパーティだよ。

今回は奇襲が完璧に決まったこともあり、こちら側の死者が一人もいない。

胸や背中に深手を負った人は二人いたけど、俺のハイヒールで快癒した。

捕まえた盗賊によると、もう仲間もいないとのこと。安心して、全員で山を下りる。

朝日に照らされながら歩く山道は気持ち良いもんだな。

午後にはアニラスに着き、ギルドに戻る。

「その顔つき、成功したのかい？」

マスターがくわえていた葉巻を指で取る。カイが答える。

「盗賊団は壊滅させました。こちらの死者はありません」

「重傷者は？」

「もちろん怪我《けが》人は多くでましたが、こちらのユウトが全て治癒しました」

「……へえ、あんたヒーラーかい。でも魔力がよく足りるね」

「魔力増量や魔力調整のスキルがありまして、それでやりくりしてます」

「やるじゃないのさ。てっきり戦闘特化タイプだと勘違いしてたよ」

ここでカイが訂正する。

「マスター、ユウトは回復専門ってわけじゃないですよ。オレと隠密行動を行い、敵の気配察知持ちを始末したのもユウトです」

「なんだって？」

「こいつは隠密スキルをオレ並みに上げたんです。あと、敵の頭の従魔を倒したのは、ユウトの従魔と仲間です」

マスターは呆《ほう》けた状態になり、葉巻が床に落ちた。ハッとしてそれを拾う。

「か、頭はどうしたのさ？」

「それもユウトが倒しました」

「単独でかい!?」

「仲間のサポートはありましたけど、ほぼ一騎打ちでした」

マスターは俺の前にやってきて、顔をジロジロと眺める。

「何者なのかねえ？」

「た、ただの冒険者です」

「隠密行動ができて、強くて、魔法が使えて、回復もできて……ただの冒険者？　他にどんなことできるのさ」

「……錬金など多少」

「万能じゃないのさ!?　ウチに入っておくれ、このとおりだからーっ」

急に腰を何度も折ってペコペコと頼み込んでくるマスターには困惑するぜ。おばあちゃん、腰悪くしますよ。見かねたのかカイがマスターの行動を止めてくれた。

「無駄ですよ。オレだって何度もパーティに誘って断られてるんですから」

「この子が入ってくれたら、ウチもマシになるんだがねぇ……。楽しちゃダメってことかい」

勧誘を諦めてくれたようで助かる。

今日はみんな疲労感があるため、ここで解散となった。

明日、改めて報酬の分配などを行うことに。

俺は宿に戻る途中、ソフィアに話す。

「お宝は俺が持ってるけど、もし逃げたらどうするんだろうな」

「先生はそんなことしない人だって、皆さんわかってるんですよ」

「でも一日、二日の短い付き合いだよ」

「そんな短期間でもわかることはあります。先生の凄《すご》さはカイさんもマスターも認めてたじゃないですか。そんな人が、せこい真似はしませんよ」

信頼を得たってことで喜んでおこう。

宿のベッドに入ると、急にまぶたが重くなる。

自分でも気づかぬうちに疲労が溜まっていたんだな。


翌日の午前中、冒険者たちがギルドに集まって分け前を話し合う。今回の依頼は、一人ずつ二十万ギラの基本報酬が出る。

質素な生活なら一ヶ月は余裕だし、参加者の中にはこれで満足している人もチラホラ。

そこに、盗賊のお宝が加わる。

「じゃあ、出しますね」

「ウッヒョオオオオ！」

俺がテーブルにお宝を出すと、彼らのテンションがすぐに沸騰した。

『クエナイノニ、ナンデヨロコブ？　ヘンナノ～』

そうだな。でもこれが食えるものに変換されるんだぞ。

「金銭の取り分は均等に。装飾品や武器は、活躍した奴から選んでいくってのはどうだろう？」

カイの提案に反対する者はいなかった。そして、全員の視線が俺に向けられる。

「選んでくれよ、ユウト」

「俺からでいいんですか？」

「いやいや、お前しかいないっつの！」

「……それじゃ、お言葉に甘えて」

武器か装飾品か宝石か。武器は質は良いが武器屋でも買えそうなので却下だ。

錬金術に使えそうなものにしようかな？

「これ、なんです？」

巾着袋みたいなやつの中に、黒い丸薬が詰まっている。薬局で見るセイ○ガンっぽい。臭《にお》いがきついのまで一緒というね。

「なんだろな……マスター、知りませんか」

「どれどれ」

年の功を活かしてマスターが教えてくれる。

「こいつは快速丸薬さ。食べると数分から十分くらい足が速くなる」

「面白いですね。従魔にも効果あるんでしょうか？」

「獣系なら問題ないじゃないかねえ」

「それじゃこれにします」

錬金術で素早さ系のものを作るときに役立つだろうし、普通に飲んでもいい。

他の人たちも各々欲しいものを選んでいく。

最後は、金銭の分け前だ。あいつらかなり貯《た》め込んでて、四十人で分けても一人あたり約八十万にもなった。

基本報酬と合わせて百万だもんな。そりゃみんな小躍りして喜ぶよ。

「ユウトとカイたちには、ウチから追加で三十万ずつ出すよ。帰ったらあんたらのギルドから特別報酬も出るはずさ」

「感謝します。今回参加して、よかったです」

「あんたは特にそうだろうね。そんな額が目じゃないだけ入るし」

「……俺ですか？」

「あんた、凄い奴なのにどこか抜けてるよねえ。そういうところも魅力なんだろうけど。ほら、監査官がやってきたよ」

ギルドの入り口からちょび髭《ひげ》を生やした小柄な男と、数人の平民っぽいのがやってくる。

「ギルドマスター、約束どおりに調べに来た」

「あいよ。ユウト、頭の死体を出してやんな」

あっ、そういうことか！　ギャラガーには懸賞金がかけられていたこと、すっかり忘れていたぜ。

死体を出すと、監査官が片眉を上げて少々驚いた様子だ。

「こんなに大男なのだな。筋骨隆々であるし、何人がかりなら仕留められるんだ？」

「そいつは、ユウトがほとんど一人で仕留めたのさ」

「一人で!?　……ユ、ユウトとはお前か？」

首肯すると、彼はしばらく言葉を失う。

「……こいつを倒せるほど強そうに見えないが……人は見かけによらない。特に冒険者にはよくある。ま、本物か確認する作業がまだだが」

彼と一緒に来たのは、過去にギャラガーに滅ぼされた村の生き残りだった。

監査官はギャラガーに見覚えがあるか尋ねる。

「間違いありません。こいつが盗賊を率いてました！」

全員の意見が一致して、ギャラガー本人だと認められた。監査官は俺に対して、敬礼のポーズを取る。自衛官がよくやるアレとほぼ一緒だ。

敬礼は世界をまたぐのかも。

「死体は我々が預かるが問題は？」

「ありません」

「この男には国が懸賞金をかけていた。よって、まず国王様にご報告する。認可されれば、貴方に懸賞金が入る。早ければ数日で、領主から受け取れるだろう」

「承知しました」

「冒険者ユウト。此度《こたび》の件は感謝申し上げる。貴方のさらなるご活躍とご健勝をお祈りいたす！」

めっちゃハキハキそう言うと、彼は自分よりずっと大きな死体を軽々と肩に担ぐ。頭もしっかりと手で握り、ギルドから出ていった。

えぇ……マジか……。確かに人は見かけによらないな。

それはともかく、懸賞金は二千万なので、しばらくは余裕のある生活ができそうだ。

◆◆◆　◆◆◆　◆◆◆

懸賞金をもらうまで、あと数日はアニラスに滞在する。

カイたちは、次の依頼のためにもう帰っちゃうらしい。働き者だね。お世話になったわけだし、俺は入り口まで見送る。

「あっちに戻っても仲良くしてくださいね」

「……」

「カイ？　大丈夫でしょうか」

「なあ、オレたちのパーティに入ってくれないなら――オレをそっちに入れてくれないか!?」

パンパンパンッ。

お仲間から連続でほっぺたを叩《たた》かれるカイ。

「もういい加減、諦めなさいって。カイにはあたしたちがいるでしょ」

「そうですよ。ユウトさんには可愛《かわい》い仲間も従魔もいるのですから」

「諦めろカイ。ほら、別れの挨拶をしろ」

「うぅ……じゃあな、ユウト……あっち会おうぜ」

仲間に引きずられていくカイを俺は苦笑しつつ見送る。あの人、最初の印象はクールキャラだったんだけどねえ。

『マフフッ、ウハハァ、オモシイネーッ』

ギンローもツボに入ったのか爆笑している。

彼らを見送った後は、町で思いっきり遊ぶことにした。

射的に似たゲームをやってみたり、広場でギンローと鬼ごっこをやったり、腹が減れば焼きとうもろこしを購入したり。

次の日もそのようにして過ごした。

翌々日になると、宿に領主様の遣いが来た。馬車付きで迎えに来たのは少し驚いたな。

ご立派な家の庭でソフィアとギンローには待機してもらう。俺はリビングに通された。背筋のシャンとした六十歳前後の男性がやってきて、領主だと挨拶された。

「初めまして、ユウトです。フィラセムで冒険者をやっております」

「盗賊退治にとても貢献してくれたんだってね」

「いえ、自分なんてまだまだです」

「謙遜しなくていいよ。君は大器の冒険者だと聞いている。今回も君がいたおかげで死傷者が出ずに依頼達成できた。こちらは私からのお礼と、国からの懸賞金だ」

硬貨が詰まっているであろう袋が二つある。

「片方が懸賞金の二千万。もう一つに三百万入っているよ」

「そんなにいただけません！」

「受け取ってくれ。あけすけですまないが、領主の立場としては君のような冒険者とは縁を作っておきたいんだ。特に最近は、優秀な冒険者も生まれていない」

それは、ここのギルドマスターも嘆いていたことだ。本心だろう。

冒険者には指名依頼などもあるし、もしかすると将来また依頼をしてくるのかもな。

「……それでは、謹んでお受け取りいたします」

「そうしてくれると助かるよ！」

これで指名依頼が入ったら断れないなぁ。別に目先の欲望に負けたわけじゃないが、ここで断るのは勇気がいる。

俺も雰囲気に弱い日本人ってことだね。

美味《おい》しい紅茶とお菓子をいただき、楽しい談笑をしてから俺は領主家を後にする。

『ボクモオカシ、タベタカッタナァ……』

「なにか食べてさせてあげるよ。なにが食べたい？」

『ニグゥ！』

お菓子じゃないのかよっ。

まあ、ここ一週間で所持金増えすぎてるし、少しくらい贅沢《ぜいたく》しても問題にはならない。

「ソフィアは、なにか欲しいものある？」

「えっ、私はなにも。一緒にいられるだけでとても勉強になりますし」

「まあまあ、そう言わずに。ギャラガーだってソフィアの機転がなかったら、あんな楽にはいかなかった」

「……では、なにか服が欲しいです」

「あー、女の子だもんな」

「こちらの町には、おしゃれなお店が多いんですよっ」

歩いている人も垢《あか》抜《ぬ》けた人が多いしな。早速、瀟洒《しょうしゃ》な服屋に入ってみる。

――なめてたよ、俺は。ソフィアの服選びの時間をさ。

あれもこれもと試し、もはや全ての服を試着する勢いだ。試着を断る店も多いのだが、ソフィアは高貴な雰囲気を纏う。買ってくれると期待して、店員がなにも言わない。

「せんせーい、どっちが似合うと思います？」

「うーん……ソフィアから見て右」

「こういうのが好みでした？」

「うーん、好みかも」

「じゃあ、これにしてみます！　これくださーいっ」

やっと決まったぁあああああ。ガッツポーズを取る俺にソフィアが一言。

「ふふ、こういう格好の女性がそんなに好きなんですね～」

全然違うけど、今はそういうことにしておいて。

店の外に出ると、ギンローが鼻提灯《はなちょうちん》を作って眠っていた。

「起きろー、食べに行けるぞー」

と声をかけても熟睡している。成長期だからな。俺はギンローをお姫様抱っこして町を歩く。

「あとはフィラセムに帰るだけだな」

「仕事ではありましたけど、いい旅でしたね」

「ああ。……そうだ、あっちに戻っても、俺やギンローとまた依頼受けてくれるか？」

「もちろんです！　私の方から頭下げたいくらいなんですから」

ソフィアとは良い関係を築いていきたい。まあ俺は、いつでも一緒に行動しようとは思わない。

一人でこなせるものは、一人でやって、困ったときなどにパーティで行動する。

そういう方向性が好きだ。ギンローはなるべく一緒じゃないと困るが。

「あ。宿にギンローのブラシ忘れてきちゃいました。取ってきますね！」

「よろしくー」

俺は道の端っこで待つことにする。

フリースキルがどんな感じに成長しているか確認しておこう。

スキル：オゾン語8　収納2　隠密6　気配察知3　錬金術4　視力4　嗅覚2　聴力2
身体能力5　体力3　怪力2　敏捷《びんしょう》2　投擲《とうてき》4　拳術2　剣術6　剣術指導6　槍術《そうじゅつ》1
斧術《ふじゅつ》1　鎚術《ついじゅつ》1　弓術3　盾術1　火魔法4　水魔法2　風魔法2　土魔法3　雷魔法2
光魔法4　回復魔法5　付与魔法2　物理耐性3　魔法耐性2　全状態異常耐性3
魔力調整4　魔力増量4　従魔6　全スキル成長10

使ってるスキルは順調に育っているな。死にスキルになってるのも、徐々に上げていこうかね。

『フワァーア』

「起きたか。ねぼすけさんだぞ」

『……ユメ、ミタ』

「どんな夢？」

『ギンイロオオカミ、デッカイ、マモノトタタカウ。ボク、マモラレテタ』

え？　ギンローっぽい魔物がギンローを守るために、他の魔物と戦うのか。普通に考えれば、親になるんだろうけど。

「ギンローのお母さんだったりしてな」

『オカアサン……ユウト？』

「違うなー。しかも俺は男だから、どっちかと言えばお父さんだし」

『キョウカラ、オトウサン、オカアサン、ユウト、ネ？』

「一人二役かよ！」

『ガンバレッ。……ネル』

勝手に両親にして、自分は寝ちゃうのか。

……この子の家族って、もうこの世にいないんだろうな。血縁で言えば、ギンローは孤独の身なわけだ。

それは地球人である俺も同じことだが。天涯孤独な者同士、仲良くやっていこう。

「ギンロー、お前は俺が最強の従魔に育ててやるからな！」

返事なのか寝言なのか、ギンローは『ファ〜』と声を出した。

絶対寝言だと思う！

フリースキルで最強冒険者

~ペットも無双で異世界生活が楽しすぎる~

番外編

忙しい一日

『カエッテ、コナイネー？』

「本当だなぁ」

忘れ物を取りに宿に帰ったソフィアが戻ってこないのだ。宿までは五分もあれば着くのに、遅すぎる。

「これ以上待つより迎えに行こうか」

入り口では御者が馬車を用意して待っている。あまり待たせすぎるのも悪いしな。

ギンローと一緒に宿に行くと、ソフィアの姿はすぐに見つかった。一階のテーブルで、身なりの良い若い男性に話しかけられている。

「彼は？」

周囲には鎧《よろい》を着た騎士みたいな格好の者が二人。貴族のお付きだろうか？　宿の主《あるじ》に尋ねてみる。

「あれは貴族のカプチノ男爵家のロイヤー様です。貴方《あなた》のお連れの方をえらく気に入ったようで……」

つまり、ナンパってことかな？

ソフィアは美人だし、行く先々で男性の注目を集めるからね。

今回の相手は、宿の主の口調からするとあまり良くない相手っぽいが。

「ロイヤー様は、女性関係があまりよろしくない？」

「まぁ、女性トラブルは多いですね。男性から無理やり彼女を奪ったりなど……。ですが男爵家で財力はありますから、今まではそれで解決をしたりなど」

ドラ息子の尻拭《しりぬぐ》いを親が金でしているって構図かな？　ソフィアも貴族家なので、名前を出せばしつこくはしないはずだが……してないだろうな。

彼女は家を出てから、名前に頼ることを基本的にしない。

若いながら独り立ちしたいという気持ちが強いからだ。

「ソフィア、そろそろ出発の時間だよ」

「先生っ、すみません！」

俺が話しかけると、ソフィアが立ち上がる。これで引いてくれる相手だといいが……。

「先生？　まだ若いように見えるが、なにの先生なんだ？」

「初めまして、ユウトと申します。彼女には剣を教えておりました」

「僕はカプチノ男爵家！のロイヤーだ。当然知っているよな？」

「フィラセムから遠征している冒険者なもので、失礼ながら存じ上げませんでした」

あまりへりくだるつもりはない。

彼はイラッとした表情を見せる。顔立ちは悪くないけれど、ムカついた顔は微妙になるな。誰でもそうか。

「僕は今、このソフィアにプロポーズをしていた。邪魔しないでほしい」

「プロポーズ、ですか。失礼ですが、今日出会ったばかりではないのでしょうか」

「そうだ。しかし僕は生まれて初めて運命を感じた。彼女こそ僕の妻にふさわしい。というより、彼女以外はもう考えられない」

一目惚《ぼ》れすぎだろ！　ツッコミたい気持ちを堪《こら》えていると、ギンローが口を開いた。

『ハヤク、カエロ〜』

「喋《しゃべ》った……!?　こつ、こいつはシルバーウルフか？」

俺が頷《うなず》くと、そばにいた従者がハッとした顔をしてロイヤーに耳打ちする。聴力スキルのおかげで、ギリギリ聞き取れる。

この間の従魔コンテストでの優勝者がシルバーウルフだと聞いている、と従者は話した。

「お、おいお前。従魔コンテストには参加してないよな？」

「いえ、しましたよ」

「……成績は？」

「優勝しました」

ガタッと椅子を大げさに引いて、ロイヤーは青ざめた顔をする。

指をくわえ、ウロウロとその場を歩き回った。二十歳は超えてるだろうし、指くわえは少し恥ずかしいな。

「それとこれとは話は別だ！　僕のプロポーズに文句は言わせないぞ」

面倒くさい人だわ。気品も感じないし。貴族も色んなタイプがいるってことか。

俺が呆《あき》れていたら、ロイヤーはソフィアに本当にプロポーズを始めた。

「生涯困らせることはない。冒険者などやめて、僕の妻になるんだ。危険をおかすことなく、優雅な生活が待っている」

「ごめんなさい。私は今の生活が気に入っていますし、結婚は好きな人としか考えられません」

「キリキリキリィ……」

歯ぎしりの音が凄《すご》い。こっちの世界では、会った日にプロポーズとか割とあるんだろうか。この人が特別な気はするけど。

「ちょ、ちょ、ちょっと待つんだ。そこにいろ。僕らはあっちに行く」

ロイヤーは従者を連れ室内の隅っこに移動する。聞かれたくない相談事か。

さすがに聴力スキルがあっても聞き取れない。あくまで俺はだけど。

「ギンロー、彼らの会話聞こえるか」

『ギリギリ、ダケドネ』

「どんな会話してるか教えてくれないか」

『オッテ、ツケロ。シヘイダン、ダセ。ドリュアスヲ、タオシニイク』

追っ手は行き先を知るためね。ドリュアスとはなんだろう。

『ナンカ、ドリュアスキケン、イッテルヨ？　デモイクミタイ。メダマツブシテ、ノミモノイレル。ホレグスリ？　ナルミタイ』

「ありがとな。なんとなく狙いはわかった」

ドリュアスって魔物の目には媚薬《びやく》的な効果があるんだろう。でも強いから楽には倒せない。そこで私兵団を出そうってわけだ。

無理やり結婚する気満々だな！

「先生すみません。もうフィラセムに帰らないといけないのに私のせいで……。先に帰っていただいても問題ありませんので」

「仲間を見捨てて帰るほど腐っちゃいないさ。それに急ぎでもないから気にするなって。それより、彼の野望をどうするかね」

「ドリュアスは、森の魔物だと聞いたことあります。見たことはありませんけど」

俺たちが会話していると、ロイヤーが戻ってくる。

「ユウトといったか。これからどこへ行くつもりだ？」

「まだ予定はありません。もう少し残るかもしれません」

「え？」

『カエラナイノー？』

俺の返答にソフィアとギンローが首をかしげる。はぐらかすように微笑《ほほえ》み、ロイヤーに言う。

「森に、キノコ採りに行きたいですね」

「……ほう。この町の近くの森は危険だぞ。餓鬼という魔物がいたりするしな」

「多少腕には覚えがありますので。それでは、そろそろ失礼しても？」

「あ、あぁ。また会おうソフィア。僕は絶対に君を諦めないよ」

一応貴族なので、一礼はしておく。所作で無礼だなんだとケチつけられても嫌だしさ。

宿を出てから、ソフィアに説明する。

「ドリュアスを先に倒そう。万が一あいつが目玉を入手すると、ソフィアをストーカーするだろうし」

実際、背後に追跡の気配を感じる。従者の一人が追ってきているのだろう。

ふと気になったので、なぜあいつに目をつけられたか訊《き》く。宿に入るところでぶつかりそうになり、その際に一目惚れされたとのこと。

「私の問題なのに、いいんですか？」

「全然いいよ。頑張って倒そう」

「はい。それでは情報集めからですね」

俺たちはギルドに向かう。魔物の情報なら、そこが一番だしな。中には一緒に盗賊退治に行った人が何人もいたので、彼らに話を聞く。

みんな好意的に教えてくれた。

「ドリュアスは、この町から北西にある森に棲《す》む木の魔物だ。ただし、精霊の化身と言われるくらいには強いし厄介だぞ」

「見分け方は？」

「木に一つ目や口があればドリュアスだ。でも目や口を閉じると普通の木と見分けつかないだろうな。森の奥で、よく冒険者がだまし討ちで食われる」

「目玉が惚れ薬的な効果あると聞きました」

「潰《つぶ》して酒に漬け異性に飲ませる。すると、最初に見た人物を好きになるという言い伝えはある。真実かはわからんが」

おとぎ話みたいだな。

魔法も魔道具もある世界だから、存在してても不思議はないけど。

森は近いらしいし、今日のうちに出発してしまおう。

「行くのかい？　あの森は、相当腕が立つ奴以外は滅多に近づかない。ドリュアスより、他の魔物がウザイからな。ま、ユウトなら問題ないだろうが」

「助言、感謝します。難しいときは無理しませんので」

やはり冒険者とは仲良くなっておくと、情報交換などができていいな。

さて、さっさと森に行こう。

町の入り口に行くと、ロイヤーの顔があってゲンナリする。

「奇遇だな。僕らも今から森に出るところだ」

随分動きが早いな。それだけ本気ってことか。ロイヤーは軽装とはいえ防具と武器を身につけている。

さらに兵士が十人前後。これが私兵団か。防具は確かに立派だけど、あんまり強そうな人はいないな。

「悪いがお先に。未来の我が妻ソフィア、また後で！」

あ、先に行ってしまった。まあ差はそれほどない。すぐに挽回できるだろう。

俺も御者にお願いして、森に向かってもらう。

◆◆◆　◆◆◆　◆◆◆

馬車なら一時間もあれば森に着くらしい。

俺たちは、幌《ほろ》付き馬車の中で一休みする。

「ドリュアスは倒しても復活する、か」

倒しても数十年経《た》つと復活すると冒険者たちは言っていた。理屈は誰もわからないらしい。

強すぎる場合は退却すればいい。ロイヤーたちだって倒せないだろう。仮に倒せるなら俺たちより強いってことになるしな。

重たい音が大地に響く。すぐに、馬車が急停止する。

『ナンカアッター？』

「ユウト様、前方に魔物がおります」

御者の言葉に全員で馬車の外に出る。前方で、グレードの高い馬車が大鳥と交戦中だった。

「あれは……ロックバードですね」

上空を旋回する魔物はハゲタカに酷似していて頭の部分に毛がほとんどない。嘴《くちばし》の先はかぎ爪のように曲がり、飛行能力の高そうな翼は錆《さび》色だった。

遠目でも、人よりはデカいとわかる。

交戦しているのは、ロイヤーの私兵団だ。

ロックバードは時折高度を下げ、彼らを観察している。どこか小馬鹿にしているようですらある。

「撃て、撃ち落とせ！」

兵長らしきおっさんが部下たちに命令する。

弓を持った兵たちが矢を射る。

ビュビュビュ、と次々に鏃《やじり》が魔物を襲う。

が、当たらない。虚《むな》しいほどに。巨体とは思えない回避能力だわ。

加えて、高度を上げられると、矢が到達するまでには時間がかかる。

あれでは到底、射抜くのは無理だ。

「魔物に誰か攻撃されたのかな」

「あれじゃないでしょうか」

ソフィアがは高さ二メートルくらいの大岩を指さす。

彼らの馬車のすぐ近くで存在感を放っていた。不自然だ。なぜなら、この辺にはあれ以外に大岩などない。

「魔物が上空から落としたんだと思います。ロックバードはああやって人を襲います」

「さっきの音はあれか。一応、運は良かったみたいだな」

ロイヤーの馬車は無傷だし、負傷者もいない。今のところは……。

矢が当たらなく、火矢などの魔法にかえたが、掠《かす》りもしない。

「苦戦しているな」

「飛行能力のない人間にとっては、なかなか厳しい相手です」

あの人らの戦いが終わるまでは、ここを動かない方がよいだろうな。

ちなみにロイヤーは戦わずに馬車の陰に隠れている。

兵長っぽいのが岩のところへ走る。

なにをするんだ？　疑問はすぐに解ける。風魔法で岩を切断したのだ。

理由は単純明快。再利用されるのを防ぐためだ。なかなか良い判断だね。

さて、現在も絶えず矢が放たれているが、ロックバードには全然当たらない。失礼だけど、技量がそんなに高くないのかも。

おや？

一人だけ、石を投げている人がいる。

この人は凄い。何度も当てている。舌を巻く技術だけど……残念ながら威力が足りてない。

ただの石では、あの巨体は貫けないみたいだ。

そうこうしていると、ロックバードがどこかへ去ってしまう。追おうとする弓兵。声を荒らげ、それを止めさせる兵長。

「追うな、追ってはダメだ！」

なぜだろう？

ソフィアが教えてくれる。

「ロックバードは、追うと別の魔物の巣に誘導したりするのです。人が追わないとわかると、おそらく戻ってきます」

「知能も高いんだな、面倒だ」

兵長の指示で、彼らは馬車を少し離れた場所に移動させる。俺たちもそうした。

移動手段が壊されると痛いからだ。

あの魔物は人間を狙うため、人がいない馬車を攻撃することはない。

空からの強襲者、ロックバードが戻ってきたぞ。

さっきのより大きい岩を器用に両足の指でホールドしている。あれが直撃したら、人間はひとたまりもない。

再度、兵士たちが魔法や弓で攻撃を始める。

スイスイと、あざ笑うようにロックバードは飛来する全ての攻撃を避《よ》ける。ただし、やはり石だけは当たる。

俺は投擲《とうてき》している人に注目した。

一番若いっぽいのに大した技術だな。投擲スキルがあるんだろう。

やはり、腕力が少し足りていないが。

『――コッチキタヨ？』

あらら。ロックバードの標的が離れていた俺たちに移った。

あの人らがチンタラやってるからだよ、まったく……。俺は手頃な石を拾う。

「柔らかい部分ってあるのかな？」

「翼は以外と弱いです。魔法が当たれば、大体バランスを崩します」

「了解」

上を旋回するロックバードに狙いを定めて、投げる。……外した。ええい、めげずにもう一回！

『アタッタ！』

投擲した石が、翼を突き破って空に吸い込まれていく。

バランスを崩して飛びにくくなっているな。

「どうぞ」

「助かる」

石を集めてくれていたソフィアから受け取り、何発か投げると、残りの翼にも命中した。

墜落したロックバードに火矢を撃ち込む。

「普通に勝てたな」

怪力と投擲の組み合わせは悪くない。フリーPも結構入っている。

『タベテ、イイ？』

「いいけど、まだ燃えてるぞ」

『サマスッ！』

フリーズブレスで火を消すと、ギンローは魔物を食し始める。

俺たちの近くに、私兵団が集まってくる。

「おい食ってるぞ……」

「それより、あいつ強いな」

「俺たちがあんなに苦戦してたってのに……」

正直、この人らはあまり戦闘経験が豊富じゃなさそうだ。これならドリュアスも倒せないかも。

ま、一度決めたことなので俺は森に向かうけど。

「バカヤロウッ。あんな鳥になに苦戦してんだ！　先越されちゃっただろ」

「……申し訳ありません、ロイヤー様」

「もういい、森には絶対に先に着くぞ！」

ロイヤーは怒鳴り散らしてから、さっさと馬車に乗り込む。

パチパチ、と御者が拍手をしながら歩いてきた。

「いやはや、とんでもない投擲技術ですね。ユウト様は投擲師のご経験がおありで？」

「いえ、まったく」

「それでアレですか!?　投擲だけでなく、視力の良さや腕力も備わっていたので、てっきり経験がおありかと……」

バランス良くスキルを育てた結果が出てるのかも。

御者に絶賛されながら、俺たちは森を目指す。

一時間もかからずに森の入り口に着いた。

一見どこにでもある森だ。

「もし日が暮れても戻らない場合は、町に戻ってください」

そう御者の人に告げ、中に入っていく。

「木々が妙に怖いな」

「ですよね。ドリュアスは動けると聞きますし、気をつけなきゃです」

まあ入り口で待ち伏せはないと願いたい。

一応、道とかもできているな。動物や人の往来が少しはあるのか。

『クンクン。クンクン』

ギンローが匂いに集中している。

俺とソフィアは剣を抜いて背中合わせに立つ。

――カサッ

木の上から生物が飛び下りてきた。陽光と重なって見づらいが、人間ではない。

ってか、俺狙いかよ。腕を振ってきたので剣で受ける。……爪が長いな。押し返すと、くるくると身軽に回転して、そいつは地面に着地した。

魔物か？

薄汚い灰色の矮躯《わいく》。頭頂部に髪はないが落ち武者のようにサイドにある。

俗に言うカッパヘアー的な。顔は鬼っぽいんだけど体がすごい貧弱なんだ。でも腹だけはぽこっと膨らんでるな。

「先生、これが餓鬼だと思います」

「地獄にいそうだ」

「ガキィガキィガキィガキィガキィガキィガキィガキィガキィガキィガキィ」

う、うざいんですけど……。

けたたましい奇声をあげている。威嚇か仲間を呼ぶ声か。

「任せてください」

ソフィアが素早く動き出して、餓鬼に猛然と襲いかかる。

「ギ!?」

餓鬼はあっさりと切断された。ソフィアが強いのもあるけど、差し引いても大した実力はないっぽいね。

「楽勝だったな」

「なんだか、拍子抜けしました」

なんて調子乗っていたら、とんでもない状況が襲いかかってきた。

道の左右から次々に餓鬼が現れて、一気に囲まれてしまったのだ。

うわ……。

もうね、醜い顔が並んでて気味悪いんだよ……。逃げ道は全て塞《ふさ》がれている状況だ。

「か……数が多すぎます」

本当にね。ゴブリンに似て、繁殖力が強いのかもしれない。

「強引に道を空けるしかないかね」

『イックゾォオオオ――』

元気満点なギンローが、勇猛果敢に突っ走る。俺とソフィアはその尻尾を追う。

餓鬼の首元にギンローが噛《か》みつく。

「ギァイ!?」

悲鳴をあげて絶命する餓鬼。

周囲の餓鬼がギンローに覆いかぶさるように襲うけれど、爪を振り回し、一切近寄らせない。

さすがに恐怖心はあるのか、餓鬼の動きが鈍る。

「ナイスだギンロー！　今のうちにいくぞ」

道が空いたので、そこを走り抜けた。


一言いいですか？

「ガキィガキィガキィ！」

しつけえええええ――！

あいつら、意気消沈したように見えたのに、一瞬で気力が回復した。

団体で、よだれダラダラ垂らしながら追いかけてくる。

どんだけ俺たちのこと食いたいんだっての。

振り切ることもできそうだけど、ここで仕掛けてみよう。

俺は足を止め振り返る。土の壁をあいつらの進行上にいくつも展開した。

ほとんどの奴がぶつかってもんどり打ってひっくり返る。ただ何名かは乗り越えてきた。

「空中じゃ上手《うま》く動けないだろ」

距離を詰め、着地前に斬り捨てる。

『ガウゥ！』

「やあぁッ」

倒れてる奴らはギンローとソフィアが仕留めてくれた。全滅までそう時間はかからなかった。

俺たちも、かなり連携が良くなってきたかも。

「無事に倒せましたね」

「しつこかったな。こんなのが他にもいっぱいいる森か」

そりゃ腕に覚えがある奴しか寄りつかないわ。

ストーカーも消えたことだし、再び奥地目指して出発。

十分くらいするとギンローが尻尾を激しく振る。

「アレ、ナンテイキモノ？』

視線の先にはドングリをかじる小動物。

「あれはリスだよ」

『リス……カワイイナァ。ギンローモ、リスニナリターイ』

「ははは！　ギンローも十分可愛《かわい》いから今のままで大丈夫だぞ」

「そうですよ。ギンローはかっこよさもあるから、むしろリスよりいいかも」

『ソウ？』

褒められて嬉《うれ》しそうにしている。色んな感情も芽生えてきているね。いいぞ。

『ワッ!?　ユウトォ、リス!?』

急いでリスを確認すると——何体もの餓鬼が襲いかかるところだった。

ま　た　あ　い　つ　ら　か　！

『リス、ニゲル！　ニゲル！』

ギンローが必死に応援する。当然リスも敵の存在を感知した。

だが、餓鬼が逃げようとするリスにダイブして腕に抱え込んでしまう。

そこへワラワラっと仲間が五、六体集まる
あっという間にリスが見えなくなる。

「ギンロー、いきましょう！」

『タスケルッ』

俺も救出劇に参加する。

ジャンピングアタックしてきた餓鬼を一刀両断する。ふむ、やっぱりこいつら単体だとそんなに強くないな。

全滅させるまで時間はかからなかった。

戦闘終了後、地面に倒れているリスの状態を確認……。

「残念だった」

「はい……」

『シンジャッタ、カァ……』

餓鬼が集まったときに食われたらしく肉体の一部が欠損し、絶命していた。

弱肉強食の世界だからな。仕方ないといえば仕方ない。でもギンローは気持ちの折り合いがつかないようだ。

『ユウト、ミツケタラ、タオシテイイ？』

「復讐《ふくしゅう》はなにも生まない…………けど、気持ちは晴れるもんな。どんどんやるんだ。俺も手伝う」

「私も斬り刻みます！」

あいつらは数だけでザコなのはわかったからな。油断さえしなければ、絶対に負けないさ。

◆◆◆　◆◆◆　◆◆◆

餓鬼を殲滅《せんめつ》する――
そう決めた俺たちは修羅と化して出会う度に斬り捨てていった。

『リスノ、カタキ！』

死んだ餓鬼の死体を積み上げ、その前でギンローがはしゃぐ。うん、もう復讐っていうか遊びになっちまってるな。

見た目もアレだし、ストレス発散にはもってこいの魔物ではあるけども。

抹殺作業を繰り返していると、森の奥地までやってきた。

ゆったりとした流れの川があるので向こう側に移動することに。浅かったのでジャブジャブと渡っていく。

また緑が広がっているので、俺たちは木に一本一本剣を突き刺しながら進む。

「ドリュアスなら、反応あるんだよな」

「生物ですので、やっぱり痛がるのでしょうね」

どんどん木が増えてきて、大変だ……。

と、ここでギンローが餓鬼の足を発見する。本体は見当たらない。

『タオシテナイ。カッテニ、シンデル～』

「他の冒険者がやったのかね」

「……もしかすると、ドリュアスかもしれません」

「なぜそう思う？」

「人を食べるってことは食欲があるのかなって。でもここはあまり人は入りません。他ので代用してもおかしくないですよね？」

「確かに」

俺が納得したときのことだ。

ゴゴゴゴと大地から地鳴りがして、強い地震が発生した。こっちでも地震があるのか！

強い揺れは三分ほど続いただろうか。

日本でも結構強い地震は経験したことがあるけど、同じかそれ以上だったように感じる。

「ドリュアスがやったとか？」

「いえ、この地方は地震はたまにあるんです」

それならよかった。地震起こす魔物になんて勝てそうにないし。

「あ、待てよ！　ギンロー、餓鬼の臭《にお》いを追えないか？」

『クンクン……コッチ』

さすが。警察犬を思い出しただけなのだが、案外上手くいくかも。

木々が乱立する中でも一際大きい大樹があるのだが、その前でギンローは止まる。

「ここで途切れてる？」

『ウン』

特に異変はない。試してみるしかないね。俺は突きの構えを取った。

――そこで敵が本性を表した。幹のところに巨大な牙の生え揃《そろ》った口がある。口の上には、ギョロっと充血した一つ目だ。これはバレーボールくらいのサイズはある。

「ドリュアスだ、気を引き締めろ！」

ドリュアスが叫ぶ。

「ギヒャヤャ！　人間がのこのこやってきたーッ」

流暢《りゅうちょう》で、そして下品で、嫌悪感たっぷりの口調だった。

『リスノ、カタキーッ』

ギンローが飛びかかる。リスの仇《かたき》ではないけども！

『……オ？』

枝が腕のように動いてギンローに巻き付くと、そのまま動きを封じる。

「ギンロー、今助けます……きゃっ!?」

助けにいったソフィアが、今度は捕まる。焦りもあったけど、敵が初めから狙っていた感がある。

これで俺も引っかかったら終わりだ。冷静になろう。

ドリュアスは枝を鞭《むち》のようにしならせ、俺を叩《たた》こうとする。

「よっ、と」

辛うじてだが避けられる。

「逃げんなぁ人間ンンンッ」

「アホか、逃げるに決まってるだろ」

「食いてえええんだぞぉおおん、餓鬼じゃ満たされねえんがなあああ」

言葉遣いがおかしくなるほど、腹が減っているようで。

……どうしたものか。二人が捕らえられている以上、下手な攻撃はできない。しかも俺が攻めようとすると、二人を幹の前に出して盾にしようとする。地味に面倒な相手だ。

木だし炎系で攻めたいのだが、なかなか隙《すき》が生じない。枝の鞭を躱《かわ》しつつ見ると、ソフィアが抵抗しているのが視野に入る。

なにか狙っている。……指輪で？　ああそうか！

「ソフィア、ギャラガーのときのやつを頼む」

彼女は小さく頷くと、風神の指輪で落ちていた木の枝を吹き飛ばす。それがドリュアスの目にぶつかった。

結構大きいので当てるのはそこまで難しくなかった。

「痛でぇっ」

「ここだ！」

目を閉じ、口が大きく開いた。俺はすかさず火矢を口の中に放り込んだ。

「熱っぢいいんだけどおおおお!?」

ドリュアスは取り乱し、ギンローとソフィアを解放してしまう。スタッと華麗に着地したギンローが口を開けて、強力な炎を噴き出した。

『モット、アツクナレヨ！』

ドリュアスは暴れて助かろうとするが、一度燃え上がった火はなかなか消えない。奴には対処法がまるでなく、物言わずに燃える大樹となるだけだった。

『アレ……』

重大なことを思い出したようにギンローが表情を固まらせる。すぐにフリーズブレスでドリュアスの炎を消す。

『ユウトォ……ゴメ。メ……モエシチャッタ』

近寄って確認してみたけど、焼け焦げてて、媚薬としては機能しなさそうだなー。

「全然いいよ。というか、初めからこうするつもりだったし」

俺は剣の先で目を貫くと、それを持ち上げる。

「――あああ、そいつドリュアスじゃないかよ!?」

今更ながら登場したのは、ロイヤー一行だ。俺たちより先に森に入ったのに、随分と遅かったんだな。

「餓鬼に手間取ってたんでしょうか?」

「うっ、うるさい。それより、それドリュアスの目玉なのか？　そうだな？」

「そうですけど、もう焼きすぎで使い物にならないと思います」

「……渡せ。ギリギリ、なんとかなるかもしれない」

「いくら男爵様でも、その権限はないかと」

いくら貴族だろうと、他人の者を盗んだらそれは犯罪でしかない。歯がみするロイヤーだが、さすがに暴力に訴えることはしなかった。

「買い取る。いくら欲しい？」

「千億ギラでも売れません」

「……使うつもりか？　惚れ薬として」

「いいえ？　このようにします」

俺は剣を跳ね上げる。刃先から抜けた目玉が空に上がっていき、重力に負けて落下してきた。そこを剣で両断した。

念のため、二つに分かれたそれを踏み潰しておく。

「ぁぁあぁ……あああっ……もったい……ねえ……」

「もったいなくなんてありませんよ。こんなものから作り出す薬に、価値なんてないのですから。それでは、失礼します」

くずおれるロイヤーの横を俺は通り過ぎ、出口に向かう。手を出されたら応じるつもりだったが、そんな気力は残っていなかったようだ。

「……先生はお強いんですね。私は少し、欲しいと思ってしまいました……」

「でもソフィアは実際使うとなったら躊躇《ためら》うし、使わないタイプな気がする」

「お見通しです、ね。先生は好きな人が振り向いてくれなくても使わないんですか？」

「偽物の感情で好きになってもらったところで虚しいだけ。俺はそう思うよ。振り向かせる努力をすることに、価値があるともね」

「勉強になります。本当に、そうです。楽して得ようとする気持ちじゃダメですよね」

ソフィアを横目で見ながら、俺は思う。

本当は、あの目玉から媚薬なんて作れないいんじゃないかと。ドリュアスが流させた嘘《うそ》じゃないかな。

それにつられて人間が森に入れば、あいつは質の良い食事を取れるわけだし。今回だって、まんまと俺やロイヤーたちが森に入った。

二つの意味で、あいつは食えない奴だったのかもな。

◆◆◆　◆◆◆　◆◆◆

あとはフィラセムに帰るだけ。

そう気を抜いていたら、また冷や水を浴びせられた。

行きと同じく、帰りも村に寄ったのだ。無理に野宿をするより、宿に泊まった方がいいからだ。

ところが、村の中に入った途端、俺たちは異様な光景に息を呑《の》んだ。民家が何軒も崩壊していた。

「あのときの冒険者の方々！　どうか、お手をお貸しいただきたいのです！」

村人の様子は普通じゃなかったので、すぐに後をついていく。

まさか、魔物や盗賊に襲われたのか？　という俺の予想は外れていた。一カ所に村人たちが集まっているのだが、その前には倒壊した木造民家があった。

この村は基本平屋が多いんだけど、宿を含めた何軒かは二階建てになっている。

俺の姿を見つけた村長が、急いで寄ってくる。

「冒険者様っ。少し前に、大きな地震があったのですが、それで建物が崩壊してしまい……」

そういや森の中で、かなり強めの地震があったんだよな。

この村の建物は耐震対策なんてしてないし、この現状も理解できる。

「地震が原因で壊れたんですね。建物の中に人は……」

「――おぎゃああ、おぎゃあああ」

唐突に耳朶《じだ》を打ったのは、赤ちゃんの泣き声だった。声は一階が潰れてしまった民家の中から聞こえてきた。

「嘘だろ、まさか……」

「そのまさかなのです。あの中には――」

「冒険者様ァ！　どうかぁ、どうかお知恵をお貸しくださいッ。あの中には俺の、俺の大切な妻と子供がいるんです！」

すごい勢いで話に割り込んできたのは、被害にあった人の旦那さんだ。

俺の膝にすがりつくようにして救出を訴えてくる。その横では、村長が空を見上げながら力なく呟《つぶや》く。

「あやつの呪いか」

あやつが誰かは、簡単に予想がつく。この村に住んでいた元冒険者。俺との対決で弱っていたところを村人たちが殺した。

「呪いじゃなく、天災です。誰かの感情で地震が起きるなんてことはありません」

「そうであろうか……」

「仮にどうであれ、それが今なんの関係があります？　呪いだったら赤子を見捨てるとでも言うんすか、いい加減にしてください」

強めの口調が出てしまう。正直、多少腹が立ったところはある。

勝手に殺して、あれは村の問題だから部外者は口を出すな的な態度だったのに、戻ってきたら力を貸してくれと縋《すが》る。自分勝手すぎだろ。

「おぎゃああ、おぎゃあああ……」

でも、赤ちゃんにはなんの罪もないんだよ……。

「ソフィア、ギンロー、助けるぞ」

「はい」

『ガンバル』

俺が壊れかけた家を前に考えたのが、収納でしまえないかということ。

いやいや……不安が残るぞ。

今のランクじゃ家ごと収納するのは不可能くさい。触れた部分を収納できてもバランスが崩れて潰れてきたらアウトだ。

少なくとも赤ちゃんはまだ生きている。人命最優先でいこう。

慎重に、地道に、瓦礫《がれき》を取り除いていく。村人では無理でも、怪力スキルのある俺ならやれることも多い。

「風を使いますね」

ソフィアは風力を利用して重いものを持ち上げたり、移動させたりする。ギンローも高い集中力で俺を手伝ってくれる。

作業は何時間も続いた。辺りは暗くなり、空には星が顔を出すようになった。

俺は光魔法で明かりを取り、壁の一部を壊して人が通過できる隙間を作る。それは小さかった。

ギンローが中に入り、赤ちゃんの服を上手く噛んで救出する。

「いいぞ！」

『マダ、イタ。デモ、オオキイ』

「お母さんだな。もう少し穴を広げよう。次は俺が行く」

作業を進める。壁の穴を大きくして中へ。

折れて複雑に絡み合う支柱などを避け、構造的に切って大丈夫っぽいものは切断して奥に進む。

「よし生きてる。もう少しだから、頑張ってください」

弱々しい息のお母さんに声をかける。

建物の外からも、いくつもの応援のメッセージが届く。

「頑張れー！　もう少しだぞ！」

「絶対助かるからな、大丈夫だからな！」

「お母さん、赤ちゃんが待ってますよ」

『ファイトーッ、オーッ、ファイトーッ』

お母さんの体に少し力が入るのがわかった。励ましの言葉はちゃんと届いているんだ。俺は彼女を支えながら慎重に建物から脱出する。

「うぎゃああ、うぎゃああ！」

お母さんと離されたせいなのか、泣き声が強い赤ちゃん。

「い……ま……いくね……」

深い母性が、疲れ切ったはずのお母さんを動かす。彼女が赤ちゃんを抱くと、嘘みたいに泣き止《や》んだじゃないか。

やっぱり母親に敵《かな》うものは、ないのかもな。ちなみに、お父さんは超元気だ。

「本当に、ありがとうございましたッッ」

「俺はいいので、あの二人を休ませてください」

お父さんが、奥さんと赤ちゃんを大事そうに抱きしめる。

俺はひとまず汗を拭《ぬぐ》う。ソフィアから水の差し入れがあった。

「先生もギンローも、お疲れ様でした」

「サンキュ。でも一番頑張ったのは、お母さんかな」

「中で、ずっと抱き続けてたみたいですね」

「おかげで、あの家族は無事だった」

『ヨカッタヨカッタ！』

土で顔が汚れているギンローの頭を俺は優しく撫《な》でる。

ふと、顔を上げる。

「おっ、凄い。こんなに綺麗《きれい》なんだ」

「今日は特に綺麗です。みんなの活躍をたたえているのかもしれませんね」

満天に煌《きら》めく無数の星たちが、音もなく俺たちを見守ってくれている。今夜を祝福しているようですらあった。

そんな甘美で情緒的な気分に、今ぐらいは浸ってもいいよな。

MFブックス

フリースキルで最強冒険者 ～ペットも無双で異世界生活が楽しすぎる～

2019年3月25日　初版第一刷発行

著者　　瀬戸メグル
発行者　三坂泰二
発行　　株式会社KADOKAWA
〒102-8177　東京都千代田区富士見2-13-3
0570-002-001（ナビダイヤル）
印刷・製本　株式会社廣済堂

ISBN 978-4-04-065499-7 C0093

メディアファクトリー　カスタマーサポート
［電話］0570-002-001（土日祝日を除く10時～18時）
［WEB］https://www.kadokawa.co.jp/（「お問い合わせ」へお進みください）
※製造不良品につきましては上記窓口にて承ります。
※記述・収録内容を超えるご質問にはお答えできない場合があります。
※サポートは日本国内に限らせていただきます。

企画　株式会社フロンティアワークス
担当編集　中村吉論（株式会社フロンティアワークス）
ブックデザイン　Bee-Pee（鈴木佳成）
デザインフォーマット　ragtime
イラスト　kgr

本シリーズは「小説家になろう」公式WEB雑誌『N-Star』（https://syosetu.com/license/n-star/）初出の作品を加筆の上書籍化したものです。

ファンレター、作品のご感想をお待ちしています

宛先
〒102-0071　東京都千代田区富士見2-13-12
株式会社KADOKAWA　MFブックス編集部気付
「瀬戸メグル先生」係「kgr先生」係

二次元コードまたはURLをご利用の上
右記のパスワードを入力してアンケートにご協力ください。

https://kdq.jp/mfb
パスワード
panww

● PC・スマートフォンにも対応しております（一部対応していない機種もございます）。
●お答えいただいた方全員に、作者が書き下ろした「こぼれ話」をプレゼント!
●サイトにアクセスする際や、登録・メール送信時にかかる通信費はご負担ください。

MFブックス作品から
続々アニメ化！
盾の勇者の成り上がり
AT-X、TOKYO MXほかにて
TVアニメ絶賛放送中！
アニメ公式サイト
http://shieldhero-anime.jp/
公式Twitter
@shieldheroanime
©2019 アネコユサギ／KADOKAWA／盾の勇者の製作委員会
アニメ化第二弾
2020年
放送決定!
『八男って、
それはないでしょう!』
アニメ公式サイト
hachinan-anime.com
公式Twitter
@Hachinan_PR
©Y.A ／ イラスト：藤ちょこ
アニメ化第三弾
企画
進行中
『無職転生
～異世界行ったら本気だす～』
©理不尽な孫の手 ／ イラスト：シロタカ
詳細は公式HPにて！
http://mfbooks.jp/

好評発売中!!

毎月25日発売

盾の勇者の成り上がり ①〜㉑
著：アネコユサギ／イラスト：弥南せいら
極上の異世界リベンジファンタジー！

槍の勇者のやり直し ①〜③
著：アネコユサギ／イラスト：弥南せいら
『盾の勇者の成り上がり』待望のスピンオフ、ついにスタート!!

フェアリーテイル・クロニクル ①〜⑱
〜空気読まない異世界ライフ〜
著：埴輪星人／イラスト：ｒｉｃｃｉ
ヘタレ男と美少女が綴るモノづくり系異世界ファンタジー！

ニートだけどハロワにいったら異世界につれてかれた ①〜⑨
著：桂かすが／イラスト：さめだ小判
目指せ異世界ハーレムライフ。就活は戦いだ！

無職転生〜異世界行ったら本気だす〜 ①〜㉑
著：理不尽な孫の手／イラスト：シロタカ
アニメ化決定!!　究極の大河転生ファンタジー！

八男って、それはないでしょう！ ①〜⑯
著：Ｙ・Ａ／イラスト：藤ちょこ
アニメ化決定!!　富と地位、苦難と女難の物語

異世界薬局 ①〜⑥
著：高山理図／イラスト：ｋｅｅｐｏｕｔ
異世界チート×現代薬学。人助けファンタジー、本日開業！

治癒魔法の間違った使い方 ①〜⑨
〜戦場を駆ける回復要員〜
著：くろかた／イラスト：ＫｅＧ

銭《インチキ》の力で、戦国の世を駆け抜ける。①〜⑦
著：Ｙ・Ａ／イラスト：ｌａｃｋ
戦国の世に財を成す！　未来人介入の群雄割拠、ここに開幕！

二度目の勇者は復讐の道を嗤い歩む ①〜⑥
著：木塚ネロ／イラスト：真空
世界を救った勇者が全てに裏切られた。全員、絶対に許さない！

駆除人 ①〜⑨
著：花黒子／イラスト：ＫＴ２
魔物を駆除してレベルアップ！　気ままな異世界ライフ開始！

アラフォー賢者の異世界生活日記 ①〜⑧
著：寿安清／イラスト：ジョンディー
40歳おっさん、ゲームの能力を引き継いで異世界に転生す！

田舎のホームセンター男の自由な異世界生活 ①〜⑤
著：うさぴょん／イラスト：市丸きすけ
生産スキルでＤＩＹしながら、異世界を自由に生活するよ。

ウィザードプリンセス ①〜②
〜落ちこぼれ少女を最強魔導士に〜
著：埴輪星人／イラスト：ポップキュン
元エリート騎士が、落ちこぼれ少女を最強魔導士に育てる！

ぼくは人間嫌いのままでいい。剣ちゃん盾ちゃんに助けられて異世界無双 ①〜②
著：新木伸／イラスト：マニアニ
「物（アイテム）と話せる力」で、ぼっち無双！

完全回避ヒーラーの軌跡 ①〜③
著：ぷにちゃん／イラスト：匈歌ハトリ
無敵の回避タンクヒーラー、異世界でも完全回避で最強に!?

MFブックス既刊

異世界おっさん道中記 ①〜②
〜小役人の俺がお姫様と行く死亡率99・9%の旅〜
著：坂東太郎／イラスト：東西
旅の仲間はお姫様!?　死亡率99・9%の異世界サバイバル紀行！

異世界屋台めし「えにし亭」①〜②
著：鬼ノ城ミヤ／イラスト：岡谷
アラフォー料理人が異世界の屋台で人生再スタート！

召喚された賢者は異世界を往く ①〜②
〜最強なのは不要在庫のアイテムでした〜
著：夜州／イラスト：ハル犬
バーサーカー志望の賢者がチートアイテムで異世界を駆ける！

錬金術師です。自重はゴミ箱に捨ててきました。①〜②
著：夏月涼／イラスト：ひづきみや
のんびり楽しく、ときどき錬金術で人助け！

異世界ぬいぐるみ無双
〜俺のスキルが『人形使い』〜
著：鬼影スパナ／イラスト：てつぶた
アラフォー冒険者ルーカスはハズレスキルで成り上がる！

スローライフがしたい大賢者、娘を拾う。①
著：空野進／イラスト：tor.ino
忙しすぎた大賢者、転移した未来で娘を拾ってのんびりする!?

魔導具師ダリヤはうつむかない ①
〜今日から自由な職人ライフ〜
著：甘岸久弥／イラスト：景
魔法のあふれる異世界で、自由気ままなものづくりスタート！

商人勇者は異世界を牛耳る！
〜栽培スキルでなんでも増やしちゃいます〜
著：十一屋翠／イラスト：又市マタロー
チートスキルで商人として成り上がる！

転生没落王子は『銭使い』スキルで成り上がる
〜魔法もスキルも金次第っ!?〜
著：時野洋輔／イラスト：ネコメガネ
転生して授かったチートスキルの威力は財布の中身次第!?

剣と弓とちょこっと魔法の転生戦記 ①
著：U字／イラスト：花ヶ田
敵は一万、味方は四百。転生した凡人貴族が起こす大逆転劇！

山育ちの冒険者 この都会《まち》が快適なので旅には出ません ①
著：みなかみしょう／イラスト：鳥取砂丘
ソロで魔物の砦を突破……って山では普通の事でしたけど？

おいでよ、魔物牧場！
〜田舎ではじめるまったりスローライフ〜
著：錬金王／イラスト：かぼちゃ
モフモフでわくわくの牧場スローライフが始まる♪

異世界だから誰かに従うのはやめにする
〜チートスキルでヒャッハーする〜
著：神無月紅／イラスト：Mo
異世界でも誰かに従うなんて御免だ！

フリースキルで最強冒険者
〜ペットも無双で異世界生活が楽しすぎる〜
著：瀬戸メグル／イラスト：kgr
最強冒険者の楽しすぎる異世界生活、スタート！